1877. 28 Mai

# CATALOGUE

D'UNE COLLECTION DE

# BEAUX LIVRES

## ANCIENS ET MODERNES

ORNÉS DE FIGURES ET TRÈS-BIEN RELIÉS

SUR

## LES ARTS, LA LITTÉRATURE ET L'HISTOIRE

DONT LA VENTE AURA LIEU

*Les lundi 28 et mardi 29 mai 1877*

à 2 heures précises

**Hôtel des Commissaires-Priseurs, rue Drouot**

SALLE N° 5

Par le ministère de Me **MAURICE DELESTRE**, commissaire-priseur
Successeur de Me Delbergue-Cormont
27, rue Drouot, 27

*EXPOSITION PUBLIQUE LE DIMANCHE 27 MAI 1877*

Heures d'Anne de Bretagne. — Œuvre de Jehan Fouquet. — Aristote, maroquin rouge. — Le Moyen Âge et la Renaissance. — Les Arts somptuaires. — Faïences de Henri II. — Galerie du Palais-Royal. — Monographies des châteaux de Fontainebleau et du château d'Anet. — Musée de Clarac. — Recueil de 300 planches du XVIIIe siècle. — L'Art au XVIIIe siècle, complet. — Monuments du costume. — Caricatures et charges politiques, 500 pièces. — Ovide, de Banier, 4 vol. in-4, figures. — Contes de La Fontaine. — Choix de Chansons de La Borde, 4 vol., maroq. — La Jérusalem délivrée, eaux-fortes de Cochin. — Corneille, 12 vol., grand papier, avec plusieurs suites de gravures. — La suite du Menteur, édit. originale. — Racine, grand papier, avec plusieurs suites de gravures. — Bérénice, édit. originale. — Molière, 1674. — Molière, 1773. — Rabelais, 3 vol. in-4. — Les Contemporaines, 42 vol. — Œuvres de Voltaire. — Œuvres de Dorat, grand papier. — Le [illegible], 5 vol. in-fol., aux armes du chancelier Séguier. — Voyage du jeune Anacharsis, 7 vol. in-4, maroquin rouge, ancienne reliure. — Collection de la Société de l'Histoire de France. — Henri Martin, Histoire du Languedoc. — Encyclopédie du XIXe siècle, etc.

PARIS
ADOLPHE LABITTE
LIBRAIRE DE LA BIBLIOTHÈQUE NATIONALE
4, rue de Lille, 4

1877

## CONDITIONS DE LA VENTE

La vente se fait au comptant.

Les acquéreurs payeront 5 0/0 en sus des enchères, applicables aux frais.

Il y a exposition, chaque jour de vente, à 1 heure précise.

Les réclamations devront être faites dans les vingt-quatre heures de l'adjudication. Passé ce délai, ou une fois sortis de la salle de vente, les ouvrages adjugés ne seront repris pour aucune cause.

Le libraire chargé de la vente remplira les commissions des personnes qui ne pourraient y assister.

---

## ORDRE DES VACATIONS

---

1re VACATION

*Lundi* 28 *mai* 1877

N^os 1 — 50
283 — 351
99 — 155

---

2e VACATION

*Mardi* 29 *mai* 1877

N^os 51 — 98
156 — 282

---

Paris. — Typographie Georges Chamerot, rue des Saints-Pères, 19.

# CATALOGUE

D'UNE

# COLLECTION DE BEAUX LIVRES

ANCIENS ET MODERNES

ORNÉS DE FIGURES ET TRÈS-BIEN RELIÉS

SUR

LES ARTS, LA LITTÉRATURE ET L'HISTOIRE

## THÉOLOGIE

ET

## HISTOIRE DES RELIGIONS.

1. Biblia sacra cum universis Franc. Vatabli, regii hebraicæ linguæ quondam professoris, et variorum interpretum annotationibus, latina interpretatio duplex est. *Parisiis, sumptibus Societatis*, 1729, 2 vol. in-fol. v. marbr.

2. La Sainte Bible, traduite par Lemaistre de Sacy. *Paris, Furne*, 1841, 3 vol. in-8, gravures sur acier, demi-rel. v. rouge.

3. Histoire sacrée de l'Ancien et du Nouveau Testament représentée par figures avec des explications tirées des SS. Pères, par A.-J.-D. Bassinet. *Paris, Desray*, 1804-1806, 8 vol. gr. in-8, v. gr. fil. tr. marbr.

   Ancien Testament, 6 vol. — Nouveau Testament, 2 vol.

4. Illustrations of the Bible designed and engraved by John Martin. *London, Ch. Tilt, s. d.*, in-4, cart. perc. rouge, tr. dor.

5. Darstellungen aus den Evangelien nach vierzig Originalzeichnungen von Friedrick Overbeck. *Dusseldorf, s. d.*, in-4, oblong, demi-rel, avec coins mar. vert. fil.

6. L'Office de la semaine sainte selon le *Messel* et Breviaire romain. *Paris, Soubron*, 1659, in-8, fig. d'après Callot, mar. r. riches compart. tr. dorée.

Ancienne reliure très-fine, aux armes et aux chiffres couronnés de Marie-Thérèse, femme de Louis XIV.

7. LE LIVRE D'HEURES DE LA REINE ANNE DE BRETAGNE, traduit du latin et accompagné de notices inédites par M. l'abbé Delaunay. *Paris, L. Curmer*, 1861, 2 vol. in-4, nombr. ornements et figures en chromolith. mar. noir, jans. dent. int. tr. dor. (Fermoirs en cuivre avec le chiffre de la reine Anne.)

Ouvrage relié sur onglet et renfermé dans une boite étui en maroq. noir doublé entièrement de satin jaune.

8. ŒUVRE DE JEHAN FOUQUET. Heures de maistre Estienne Chevalier; texte restitué par M. l'abbé Delaunay. *Paris, L. Curmer*, 1856-67, 2 vol. in-4, nombr. ornementations et figures en chromolith. mar. rouge, jans. dent. int. tr. dor.

Ouvrage relié sur onglet dans une boite-étui mar. noir doublé intér. en satin vert, avec fermoirs en cuivre.

9. Jehan Foucquet. Heures de maistre Estienne Chevalier, trésorier des rois Charles VII et Louis XI, texte rétabli par M. l'abbé Delaunay. *Paris, L. Curmer*, 1867, 60 livr. en ff. in-4. (*Avec miniatures et encadrements en chromolithographies.*)

10. Pensées de Pascal. *Paris, Desprès*, 1670, in-12, demi-rel.

Édition imprimée la même année que l'édition originale.

11. Pensées, fragments et lettres de B. Pascal, publiés par Prosper Faugère. *Paris, Andrieux*, 1844, 2 vol. in-8, v. fauve, fil. tr. marbr.

12. Parallèle des mœurs de ce siècle et de la morale de Jésus-Christ, par le R.-P. Croizet. *Lyon, Bruyset*, 1743, 2 vol. in-12, mar.bleu, tr. dorée. (*Anc. rel.*)

13. Sermon de saint Cyprien. *Paris*, 1663. — Lettre d'un ancien Père de l'Église à une dame illustre nommée Celancie. *Paris*, 1663. — 2 part. en un vol. pet. in-12, mar. citron, fil. doublé de mar. vert, dent. tr. dorée. (*Anc. rel.*)

14. Paraphrase sur l'épistre de sainct Paul aux Hébreux, par Ant. Godeau, évêque de Grasse. *Paris, Camusat*, 1641, in-12, mar. r. comp. tr. dorée. (*Anc. rel.*)

15. Petit Carême de Massillon, suivi des sermons, etc. *Paris, Lefèvre*, 1824, in-8, portrait par Roger, demi-rel. v. viol. n. rog.

Exemplaire en grand papier vélin.

16. Victoria Hebræorum adversus Ægyptios catholicorum triumphum contra hræeticos præsignificans opera ac labore F. Desiderii Richard franciscani. *Lugdvni, apud C.-L. Morillon*, 1611, in-fol. titre frontispice, bas. verte à comp. tr. dor. (*Reliure ancienne.*)

17. Les Sanctuaires de Rome, ouvrage commencé par monseigneur Lucquet et continué par l'abbé A. Tilloy. *Paris*, 1863, in-fol. cartonné, figures.

18. Sainte Cécile et la société romaine aux deux premiers siècles, par dom Guéranger, abbé de Solesmes. *Paris, Firm. Didot fr.*, 1874, gr. in-8, figures, demi-rel. mar. rouge, plats ornés, tr. dor.

19. Histoire de sainte Élisabeth de Hongrie, duchesse de Thuringe (1207-1231), par le comte de Montalembert. *Paris*, 1836, gr. in-8, figures sur chine, demi-rel. mar. noir, plats toiles, tr. peign.

20. L'Alcoran des cordeliers, tant en latin qu'en françois, nouvelle édition, ornée de jolies figures, dessinées par B. Picart. *Amsterdam*, 1734, 2 vol. in-12, v. br.

21. Mémoires pour servir à l'histoire de la fête des foux qui se faisoit autrefois dans plusieurs églises, par M. du Tillot. *A Lausanne et à Genève, chez Marc-Michel Bousquet*, 1741, in-4, figures parch.

---

22. Jupiter, recherches sur ce Dieu, sur son culte et sur les monuments qui le représentent, ouvrage précédé d'un Essai sur l'esprit de la religion grecque, par T.-B. Emeric-David. *Paris, Imprimerie royale*, 1833, 2 vol. in-8, v. fauve, fil. tr. marbr.

23. Lettres à Emilie sur la mythologie, par C.-A. Demoustier. *Paris, Ant.-Aug. Renouard*, 1801, 3 vol. in-8, portrait et figures de Monnet, v. rac. dent.

Manquent les planches V et XXX, et les planches XIII et XIV sont des eaux-fortes.

24. Lettres à Émilie sur la mythologie, par C.-A. Demoustier. *Paris, Ant-Aug. Renouard*, 1809, 3 vol. in-12, portrait et figures par Moreau, v. dent. tr. marbr.

25. Sermons de Jean Calvin sur les deux épistres de sainct Paul à Timothée et sur l'épistre à Tite. *Imprimé à Genève par Jean Bonnefoy*, 1563, pet. in-4, texte à deux col. cart.

Bel exemplaire.

26. Institution de la religion chrestienne nouvellement mise en quatre livres et distinguée par chapitres, en ordre et

méthode bien propre, par Jean Calvin. *A Lion, par Jean Martin*, 1565, fort. vol. in-8, parch.

Bel exemplaire.

---

# SCIENCES ET ARTS.

27. ARISTOTELIS Opera quæ exstant. *Francofurti, ap. Andreæ Wecheli heredes*, 1587, 12 vol. in-4, mar. r. comp. tr. dor. (*Anc. rel.*)

Importante édition, imprimée en grec. *Ex-libris* de BLONDEL D'AZINCOURT.

28. Collection des moralistes anciens, dédiée au roi. *Paris, chez Didot l'aîné et de Bure l'aîné*, 1782, 12 vol. in-18, maroq. rouge, fil. tr. dor. (*Reliure de Derome.*)

Pensées morales de divers auteurs chinois, 1 vol. — Diversités morales, ou les Amusements de la raison, par l'abbé de Brueys, 1 vol. — Pensées morales d'Isocrate, 1 vol. — Morale de Sénèque, 2 vol. (*tomes I et III seulement*). — Pensées morales de Cicéron, 1 vol. — Caractères de Théophraste, 1 vol. — Sentences de Théognis, 1 vol. — Entretiens de Phocion, 3 vol. — Pensées morales de Confucius, 1 vol.

29. Réflexions morales de l'empereur Marc Antonin, traduites par Dacier, édition ornée de figures dessinées par Moreau le jeune. *A Paris, chez Saugrain, graveur*, an IX, in-4, cart. n. rog.

30. Traité de Plutarque sur la manière de discerner un flatteur d'avec un ami, et le Banquet des sept sages, dialogue du même auteur. *Paris, de l'Imprimerie royale*, 1772, in-8, mar. vert, dent. dos orné, tr. dor.

Reliure ancienne de PADELOUP.

31. Entretiens de Phocion sur le rapport de la morale avec la politique, traduit du grec de Nicoclès par Mably, édition à laquelle on a joint la vie de Phocion, par Plutarque, traduction d'Amyot. *Paris, de l'impr. de Didot le jeune, l'an troisième*, in-4, figure de Moreau, demi-rel. v. rouge, fil.

32. Essais de Michel de Montaigne, avec les notes de tous les commentateurs, édition publiée par J.-V. Le Clerc. *Paris, Lefèvre*, 1826, 5 vol. in-8, br. portrait.

33. Essais de Michel de Montaigne, nouvelle édition, avec les notes de tous les commentateurs choisies et complétées par M. J.-V. Le Clerc, précédée d'une nouvelle étude sur Montaigne, par M. Prévost-Paradol. *Paris, Garnier fr.* 1865, 4 vol. gr. in-8, br. (*Portrait.*)

Exemplaire en GRAND PAPIER DE HOLLANDE.

34. Les Passions de l'âme, par René Descartes. *A Amsterdam, chez Louys Elzevier*, 1650, pet. in-12, vélin.

35. Système de la nature, ou des Loix du monde physique et du monde moral, par M. Mirabeau. *Londres*, 1770, 2 vol. in-8, mar. rouge, fil. tr. dor. (*Reliure ancienne.*)

36. Cy commence ung très-excellent liure nommé le propriétaire des choses, translaté de latin en frãçoys à la requeste de très-crestien et très-puissant roy Charles Quint de ce nom..... *Et imprimé audit lieu de Lyon, par honnorable homme maistre Mathieu Hultz*, maistre en l'art de l'impression le XV$^{e}$ jour de mars l'an mil cccclxxxxi (1491), in-fol. car. goth. texte à deux col. v. brun.

Exemplaire défectueux.

37. Le Grand Calendrier et compost des bergers, composé par le Berger de la grande Montaigne. *A Paris, par Nicolas Bonfons, s. d.*, in-4. (*Dérelié.*)

Exemplaire lavé et préparé pour la reliure.

38. Première Centurie de planches enluminées et non enluminées représentant au naturel ce qui se trouve de plus intéressant et de plus curieux parmi les animaux, les végétaux et les minéraux, pour servir d'intelligence à l'histoire générale des trois règnes de la nature, par M. Buchoz. *A Paris, chez Lacombe, s. d.*, in-fol. cart.

39. Histoire naturelle des colibris et des oiseaux-mouches, par Audebert. *S. l. n. d.*, in-fol. demi-rel. mar.

Figures coloriées. Noms d'oiseaux imprimés en or. Manque le titre.

40. Histoire naturelle des Tangaras, des Manakins et des Todiers, par Anselme-Gaëtan Desmarest. *Paris*, 1805, in-fol. demi-rel. fig. en couleurs.

41. Traité général des pesches et histoire des poissons qu'elles fournissent tant pour la subsistance des hommes que pour plusieurs autres usages qui ont rapport aux arts et au commerce, par M. Duhamel du Monceau et M. de la Marre. *Paris*, 1769, 2 vol. in-fol. bas. tr. peign. (*Figures.*)

42. La Botanique de J.-J. Rousseau. *Paris, Baudoin fr.*, 1822, in-4, planches en coul. demi-rel. avec coins mar. viol. fil. tr. jasp.

43. Digby Wyatt. — The industrial Arts of the nineteenth century. *London*, 1851, in-fol. figures en couleurs, 18 livr. en ff.

44. Le Moyen age et la Renaissance, histoire et description des mœurs et usages, du commerce et de l'industrie, des arts, des sciences, des littératures et des beaux-arts en Europe, direction littéraire de M. P. Lacroix, direction artistique de M. Ferdinand Séré. *Paris*, 1851, 5 vol. in-4, br.

45. Les Arts somptuaires, histoire du costume et de l'ameublement et des arts et industries qui s'y rattachent, sous la direction de Haugard-Maugé. *Paris*, 1857, 2 vol. in-4 de texte et 2 vol. in-4 de planches en or et coul. Ens. 4 vol. demi-rel. mar. viol. n. rog.

46. Les Arts somptuaires, histoire du costume et de l'ameublement et des arts et industries qui s'y rattachent, sous la direction de Haugard-Maugé. *Paris, Haugard-Maugé*, 1857, 2 tomes en 1 volume, frontispices en chromolith. in-4, demi-rel. dos et coins de mar. r. fil. n. rog.

Texte seul.

47. Éléments d'orfévrerie, divisés en deux parties de cinquante feuillets chacune, composez par Pierre Germain, marchand orfévre joaillier. *Paris*, 1748, in-4, v. br.

Exemplaire défectueux. Manquent les planches 31, 33, 38, 44 et 45.

48. RECUEIL DES FAIENCES FRANÇAISES DITES DE HENRI II et Diane de Poitiers, dessinées par Carle Delangle et C. Bornemann. *Paris*, 1861, in-fol. en ff. texte et 47 planches en coul.

Très-belle publication, devenue rare.

49. La Science curieuse, ou Traité de la chyromance, enrichi d'un grand nombre de figures pour la facilité du lecteur. *Paris, chez François Clousier*, 1665, petit in-4, v. br.

90 planches.

50. Le Cavalerice françoys composé par Salomon de la Broue escuyer de l'escuirie du roi et de M^gr le duc d'Espernon contenant les préceptes principaux qu'il faut observuer exactement pour bien dresser les chevaux aux exercices de la carrière et de la campagne. Le tout divisé en trois livres. *A Paris, chez Abel l'Angelier*, 1602, in-fol. titre front. gravé par C. de Maillery et figures interc. dans le texte parch.

# BEAUX-ARTS

51. Della Pittura e della statua, di Leon Battista Alberti. *Milano*, 1804, in-4, fig. demi-rel. cuir de Russie.

Exemplaire imprimé sur vélin.

52. Le Pitture antiche d'Ercolano e contorni, incise con qualche spiegazione. *Napoli*, 1757, in-fol. (figures). — Catalogo degli antichi monumenti di Ercolano, composto da Ottavio Antonio Bayardi *In Napoli*, 1754, in-fol. — Ens. 2 vol. mar. r. dent. tr. dor. (*Rel. anc.*)

53. Œuvre de Jean Holbein, ou Recueil de gravures d'après ses plus beaux ouvrages, accompagné d'explications historiques et critiques, et de la vie de ce fameux peintre par Chrétien de Mechel. *Basle*, 1780, in-4, demi-rel. bas.

Première partie, 16 planches, *Triomphe de la mort.*

54. Galerie du Palais-Royal, gravée d'après les tableaux des différentes écoles qui la composent, avec un abrégé de la vie des peintres et une description historique de chaque tableau, par M. l'abbé de Fontenai, dédiée à S. A. S. Mgr le duc d'Orléans, premier prince du sang, par J. Couché, graveur de son cabinet. *Paris*, 1786, 3 vol. in-4, demi-rel. avec coins mar. vert, tr. jasp.

55. Album photographique du musée Napoléon, publié avec l'autorisation de la commission du monument, fondée à Amiens sous le patronage de S. M. l'Empereur. *Amiens*, 1863, gr. in-fol. demi-rel. mar. vert. (10 planches.)

56. Iconographia Cæsareæ pinacothecæ. (La Galerie de peinture de Vienne.) *S. l. n. d.*, in-fol. 27 planches avec marges, cart.

Chacune de ses planches contient la reproduction d'un grand nombre de tableaux ou de statues.

57. Tableaux du cabinet de M. Poullain, mis au jour par François Basan. *Paris* (*de l'imprimerie de Prault*, 1781), in-4, texte gravé et planches, v. f. dent. sur les plats, tr. dorée.

Exemplaire complet.

58. Collection de cent vingt estampes, gravées d'après les tableaux et dessins qui composaient le cabinet de M. Poul-

lain, suite exécutée sous la direction de Fr. Basan. *Paris*, 1781, in-4, demi-rel. v. f.

59. Galerie Aguado. Choix des principaux tableaux de la galerie de M. le marquis de las Marismas del Guadalquivir, par Ch. Gavard. — Notices sur les peintres, par Louis Viardot. *Paris, Gavard*, grand in-fol. 36 planches gravées sur acier, demi-rel. avec coins mar. vert, doré en tête, n. rog. (*Reliure anglaise.*)

60. I più celebri Quadri delle diverse scuole italiane reuniti nell' appartamento Borgia del Vaticano, designati ed incisi a contorno da Giuseppe Craffonara, pittore Tirolese, descritti da G. A. Guattani. *In Roma*, 1820, in-fol. figures au trait, demi-rel. avec coins mar. r. fil.

61. Galerie Leuchtenberg. Gemälde-Sammlung seiner kaiserl. Hoheit des Herzogs von Leuchtenberg in München, von J.-D. Passavant. *Frankfurt am Main*, 1851, in-4, demi-rel. avec coins mar. r. doré en tête, n. rog. (*David.*)

62. Peintures murales des chapelles de Notre-Dame de Paris, exécutées sur les cartons de E. Viollet-le-Duc, relevées par Maurice Ouradou. *Paris, A. Morel*, 1870. Ouvrage in-fol. en ff. dans un carton, texte et 62 planches lithographiées en couleurs.

63. Les Gloires de la France. Choix des plus beaux tableaux du musée de Versailles, peints par les maîtres de l'école française et reproduits sur acier par nos premiers graveurs ; texte par Lélius. *Paris, Amable Rigaud*, 1868, in-fol. demi-rel. mar. r. plats toile, fil. tr. dor.

64. Album Boetzel. Le Salon de 1870. *Paris, Lahure*, 1870, in-4, obl. cart.

65. Alphabet. Lettres initiales historiques, avec bordure et fleurons d'après les XIV^e et XV^e siècles, par Jean Midolff, peintre et compositeur paléographe. *Gand*, 1846, in-fol. demi-rel. avec coins mar. bleu, fil.

---

66. Livre nouveau, ou Règles des cinq ordres d'architecture, par Jacques Barozzio de Vignole, nouvellement revu, corrigé et augmenté par M. B***, architecte du roi. *S. l.*, 1777, in-fol. 104 planches, demi-rel. mar. r.

67. Traité de la perspective pratique, avec des remarques sur l'architecture, suivies de quelques édifices considérables mis en perspective et de l'invention de l'auteur, par le sieur Courtonne, architecte. *Paris*, 1725, in-fol. v. brun. (Planches.)

68. Admiranda Romanarum antiquitatum ac veteris sculpturæ vestigia a Petro Sancti Bartolo incisa, notis Bellori illustrata. *S. l. n. d.*, in-fol. obl. (Planches remontées.)

69. Monumenti antichi inediti, notizie sulle antichità e belle arti di Roma. *In Roma, presso Paolo Montagnari-Mirabili*, 1805, in-4, figures, demi-rel. bas.

70. Monuments romains et gothiques de Vienne, en France, dessinés et publiés par Étienne Rey, suivis d'un texte historique et analytique par E. Vietty. *Paris, Firmin-Didot*, 1831, 3 parties en 1 vol. gr. in-fol. demi-rel. avec coins chagr. vert, fil.

71. Monographie du palais de Fontainebleau, dessinée et gravée par M. Rodolphe Pfnor, accompagnée d'un texte historique et descriptif par M. Champollion-Figeac. *Paris, A. Morel*, 1863, 2 vol. gr. in-fol. demi-rel. mar. r. doré en tête, n. rog.

72. Moonographie du chateau d'Anet, construit par Philibert de Lorme en 1648, dessinée, gravée et accompagnée d'un texte historique et descriptif par Rodolphe Pfnor. *Paris*, 1867, gr. in-fol. demi-rel. avec coins mar. r. doré en tête, n. rog. (*David.*)

73. Monumenti sepolcrali della Toscana, disegnati da Vicenzo Gozzini e incisi da Giovan Paolo Lasinio. *Firenze*, 1819, in-4, 47 planches au trait, demi-rel. avec coins mar. viol. fil. n. rog.

74. Ornements des anciens maîtres des XV^e^, XVI^e^, XVII^e^ et XVIII^e^ siècles, recueillis par Ovide Reynard et gravés sous sa direction par les meilleurs artistes. *Paris, publié par A. Hauser*, 1844, 2 vol. in-fol. demi-rel. mar. r. n. rog.

75. L'Ornement polychrome, 100 planches en couleurs, or et argent, contenant 2,000 motifs de tous les styles, art ancien et asiatique, Renaissance, XVII^e^ et XVIII^e^ siècles; recueil historique et pratique, publié sous la direction de M. A. Racinet. *Paris, Firmin-Didot frères, s. d.*, in-fol. (*Ouvrage complet en ff.*)

76. Musée de sculpture antique et moderne, ou Description historique et graphique du Louvre et de toutes ses parties, par le comte F. de Clarac. *Paris, Imprimerie royale*, 1841-1853, 6 vol. in-8 de texte et 6 tomes en 3 vol. in-4 obl. de planches, demi-rel. mar. r. jans. doré en tête, n. rog.

77. Marbres de la galerie de Naples, recueil de 47 planches au trait, réuuies en 1 vol. in-4, demi-rel. v. viol. n. rog.

78. Abrahami Gorlæi Antverpiani Dactyliotheca. *S. l. n. d.*, in-4, figures parch.

79. Dictionnaire des graveurs anciens et modernes depuis l'origine de la gravure, par F. Basan. *Paris*, 1789, 2 vol. pet. in-8, demi-rel. v.

Exemplaire avec la planche de remarque.

80. Suite d'estampes gravées par madame la marquise de Pompadour sur les dessins de Boucher et de Vien. *S. l. n. d.*, in-fol. demi-rel.

Une note manuscrite du siècle dernier en tête du volume annonce que ce recueil contient les pierres que Geay a gravées pour Mme de Pompadour avec la description de sa main; il est passé dans le cabinet Danguy.

Le texte de ce recueil est manuscrit et la copie calligraphiée est accompagnée du texte sur feuille volante de la main de Geay. En tête du volume on a ajouté 2 portraits de Mme de Pompadour, l'un d'après Boucher gravé à la manière noire par Watson, et l'autre gravé par Littré.

81. Choix de gravures à l'eau-forte, d'après les peintures originales et les marbres de la galerie de Lucien Bonaparte. *Londres*, *Guill. Miller*, 1812, in-4, gravures, demi-rel. avec coins v. f. doré en tête, n. rog. (*Reliure anglaise.*)

Manque la planche 121.

82. Recueil d'environ 500 planches du xviiie siècle, remontées en 1 vol. in-fol. et placées dans une reliure en mar. r. provenant d'un volume de musique.

Portraits de Louis XV et de Marie Leczinska brodés sur soie. — Bonnets de différents genres et coiffures. — Portraits de Louis XVI et de Marie-Antoinette. — Fleurons d'Eisen. — Caricatures anglaises et allemandes. — Figures pour Restif de la Bretonne. — Portrait de Louis XVI enluminé. — Les Jeux, 12 planches en couleur. — Portrait de Louis XVI, avec la scène du supplice, exécuté à Rotterdam, etc.

83. Anacréon, recueil de compositions dessinées par Girodet et gravées par M. Châtillon, son élève, avec la traduction en prose des odes de ce poëte, publié par les soins de MM. Becquerel et P.-A. Coupin. *Paris*, *Firmin-Didot*, 1825, grand in-4, figures au trait, demi-rel. avec coins v. vert, n. rog.

84. Les Métamorphoses d'Ovide en figures. *S. l. n. d.*, pet. in-12 obl. demi-rel. mar. r. (178 *planches, une partie les marges refaites.*)

85. Les Métamorphoses d'Ovide, gravées sur les dessins des meilleurs peintres français par les soins des sieurs le Mire et Basan. *Paris*, 1767, in-4, mar. r. large dent. sur les plats, tr. dor.

Recueil de 141 estampes, il manque la 135e planche.

86. Les Métamorphoses d'Ovide divisées en XV livres, avec de nouvelles explications historiques, morales et politiques sur toutes les fables, chacune selon son sujet, enrichies de figu-

res et nouvellement traduites par Pierre du Ryer, de l'Académie françoise. *A Paris, chez Antoine de Sommaville*, 1660, in-fol. bas.

La reliure est cassée.

87. L'Amour et Psyché, d'après le roman d'Apulée, suite de 20 planches dessinées et gravées à l'eau-forte par Lorenz Frölich. *Paris, J. Hetzel, s. d.*, in-4, cart. percal. r.

88. L'ART DU DIX-HUITIÈME SIÈCLE et les vignettistes, par Edmond et Jules de Goncourt. *Paris, E. Dentu*, 1859-1870, 10 fascicules in-4 br. (*Eaux-fortes.*)

Les Saint-Aubin, 1859. — Watteau, 1860. — Prudhon, 1861. — Boucher, 1862. — Greuze, 1863. — Chardin, 1864. — Fragonard, 1865. — La Tour, 1867. — Gravelot et Cochin, 1868. — Eisen et Moreau, 1870.

89. L'ART DU DIX-HUITIÈME SIÈCLE et les vignettistes, par Edmond et Jules de Goncourt. *Paris, E. Dentu*, 1859-1863, 6 fascicules in-4 en ff.

Les Saint-Aubin. — Prudhon. — Boucher. — Greuze. — Chardin et Fragonard.

Exemplaires tirés sur PAPIER DE HOLLANDE, avec ÉPREUVES D'ARTISTES SUR CHINE VOLANT.

90. Figures de Moreau le jeune pour les comédies de Molière. In-8.

Première suite de 32 figures en bonnes épreuves, remmargées avec soin.

91. Gravures anciennes de 1740 à 1785, vignettes, fleurons, culs-de-lampe, etc., principalement de H. Gravelot pour le Boccace de 1757, et autres ouvrages. Environ 258 pièces réunies en 1 vol. gr. in-8, v.

92. Recueil de figures de Cochin, Marillier, Moreau, Gravelot, Borel, pour Tom Jones, le Paysan perverti, etc. Environ 95 pièces remontées sur papier bristol, in-fol. cart.

93. Illustrations to Goldsmith's Vicar of Wakefield. 12 planches tirées sur chine et remontées sur carte bristol, in-fol. dans un carton.

94. Eaux-fortes modernes originales et inédites. *Paris, Cadart*, 1862-1864 et 1865, 3 vol. gr. in-fol. cart. Planches montées sur onglets.

L'année 1865 est en 12 livr.

---

95. ABRAHAMI ORTELII Deorum dearumque capita. *Bruxellis, apud Franciscum Foppens*, 1683, in-4, v. ant.

Les encadrements dont chaque planche est ornée sont dans le style de la Renaissance et très-variés.

96. Heroicos Hechos y vidas de Varones ilustres. *En Paris, por Francisco de Prado, año* 1576, in-4, vél.

Nombreux portraits gravés sur bois. Chaque page est entourée d'une bordure riche.

97. Les Hommes illustres qui ont paru en France pendant ce siècle, avec leurs portraits au naturel, par M. Perrault, de l'Académie françoise. *A Paris, chez Antoine Dezallier,* 1696, 2 tomes en 1 vol. in-fol. v. brun.

Portraits. Exemplaire en grand papier.

---

98. Recueil d'ariettes choisies. *S. l.*, 1773, 8 vol. pet. in-4, mar. r. dent. tr. dor. (*Rel. anc.*)

Manuscrit d'une bonne écriture, avec musique notée; les titres sont dessinés en couleur.

## LIVRES A FIGURES.

99. Repræsentatio des fürstlichen... (Description des fêtes et du tournoi à l'occasion du mariage du duc Jean-Frédéric de Wurtemberg et de Mlle Barbe-Sophie de Brandenbourg à Stuttgard.) *S. l. n. d.* Environ 250 planches en 1 vol. in-fol. obl. demi-rel.

Toutes les planches sont remontées, quelques-unes sont incomplètes. Ce ouvrage est très-curieux pour l'étude des costumes.

100. Le Temple des Muses, orné de 60 tableaux, où sont représentés les événements les plus remarquables de l'antiquité fabuleuse, dessinés et gravés par B. Picart le Romain et autres habiles maîtres. *Amsterdam, Châtelain,* 1749, gr. in-fol. figure v. marbr. fil. tr. dor.

101. MONUMENT DU COSTUME physique et moral du XVIIIe siècle, par Restif de la Bretonne, texte et 26 planches in-fol. par Moreau cart.

Le titre manque, raccommodages à plusieurs feuillets du texte. Les planches 1, 15, 17, 18 ont de fortes cassures raccommodées.

102. Recueil de cent estampes représentant différentes nations du Levant tirées sur les tableaux peints d'après nature en 1707 et 1708, et gravées en 1712 et 1713 par les soins de M. Le Hay. *Paris,* 1714, gr. in-fol. v. brun.

103. Souvenir d'une promenade à Versailles, 2 albums gr. in-fol. et 1 album in-4, avec gravures sur acier et gravures au trait, demi-rel.

104. Gavard. Galeries historiques de Versailles. Introduction, tome premier : Armoiries, tome II; portraits divers,

tome III; vues de batailles; 3 vol. gr. in-4, demi-rel. avec coins mar. vert, tr. jasp.

105. Paul Lacroix. XVIIIe siècle, institutions, usages et costumes, France 1700-1789, ouvrage illustré de 21 chromolithographies et de 350 gravures sur bois. *Paris, Firm.-Didot fr.*, 1875, in-4, mar. rouge, dos orné, comp. à la du Seuil, dent. int. tr. dor. (*David.*)

Exemplaire en GRAND PAPIER DE CHINE.

106. Expédition de Rome, par Raffet, 1849, 36 lithogr. in-fol. rel.

107. The Napoleon museum; the history of France illustrated from Louis XIV to the end of the reign and death of Emperor comprising marbles, bronzes, carvings, gems, decorations, medaillons, etc., collected, arranged and described by John Sainsbury. *London*, 1845, in-4, demi-rel. avec coins, mar. rouge, fil. tr. dor.

108. Le Diable à Paris. Paris et les Parisiens, texte par G. Sand, P.-J. Stahl, de Balzac, L. Gozlan, Fr. Soulié, Ch. Nodier, etc., illustrations par Gavarni, Bertall, H. Monnier, etc. *Paris, Marescq et G. Havard*, 1853, in-4, texte à deux col. mar bleu, fil. doré en tête, n. rog.

109. La Revue comique à l'usage des gens sérieux, histoire, morale, philosophie, politique, critique littéraire et artistique de la semaine. Texte par MM. A. Lireux. C. Caraguel, etc.; dessins par MM. Bertall, Nadar, etc. *Paris, Dumineray*, 1848-1849, in-4, figures demi-rel. dos en toile, n. rog.

110. CARICATURES ET CHARGES POLITIQUES pour et contre les hommes et les événements de la guerre et de la Commune, 1870-1871.—Environ 500 pièces lithographiées en couleurs remontées et réunies en 5 vol. in-fol. demi-rel.

Collection curieuse.

111. La Turquie, par C. Rogier. *S. l.* 1854, in-fol. cart. 30 planches en chromolith. par Lemercier.

112. Armes et armures, meubles et autres objets du moyen âge et de la renaissance. *Paris, Hauser*, 1842, gr. in-folio, demi-rel. mar. rouge.

Recueil d'environ 200 planches dessinées et lithographiées par Asselineau.

113. Trésor de l'abbaye de Saint-Maurice d'Agaune, décrit et dessiné par Édouard Aubert. *Paris, veuve A. Moral*, 1872, in-4 de texte et in-4 de planches br.

114. Album de reliures, recueil de cent planches avec notes par le bibliophile Julien. *Paris, Bachelin-Deflorenne*, 1873, 2 vol. in-4, demi-rel. mar. brun.

115. L'Autographe, 1864-1865, 2 vol. in-4, cart.

# BELLES-LETTRES.

## I. LINGUISTIQUE.

116. Dictionnaire comique, satirique, critique, burlesque, libre et proverbial, par P.-J. Leroux. *A Lion, chez les héritiers de Buringos fratres*, 1752, 2 vol. in-8, maroq. rouge, doublé de moire verte, tr. dor. (*Reliure ancienne.*)

117. Grammaire polyglotte contenant les principes des langues arabe, persane, turque et tatare avec des remarques analytiques d'autres langues, par le P. Minas Médici. *Venise*, 1844, in-4, demi-rel. bas. viol.

118. Manuscrit pali, écrit sur feuilles de palmier en caractères birmans, avec couverture en étoffe de couleur.

Ce manuscrit important est composé de plus de 50 feuilles.

## II. POÉSIE.

119. Homère. L'Iliade et l'Odyssée, avec des remarques, précédées de réflexions sur Homère et sur la traduction des poëtes, par M. Bitaubé. *A Paris, de l'imprimerie de Didot l'aîné*, 1788, 12 vol. in-16, mar. rouge, dent. sur les plats, doublé de tabis bleu avec dent. tr. dor. (*Bradel.*)

Exemplaire en papier vélin.

120. Les Odes d'Anacréon Téien trad. de grec en françois par Remi Belleau de Nogent au Perche. *A Paris, chez André Wechel*, 1556. — Anacreontis Teii odæ. *Lutetiæ, ap. Robertum Stephanum*, 1556. — Ἀνακρέοντος μέλη. *Parisiis*, 1556, 3 parties en un vol. mar. r. comp. tr. dor.

121. Hymnes de Callimaque, nouvelle édition, avec une version françoise et des notes. *Paris, de l'Imprimerie royale*, 1775, in-8, mar. vert, dent. sur les plats, tr. dor.

Reliure ancienne de PADELOUP.

---

122. Publius Virgilius Maro. Bucolica, Georgica et Æneis. *Londini, apud A. Dulau*, 1800, 2 vol. gr. figures v. rac. dent. n. rog.

123. Publius Virgilius Maro. Bucolica, Georgica et Æneis. *Londini, apud A. Dulau*, 1800, 2 vol. gr. in-8, papier vélin, gravures v. fauve, dent. tr. dor.

124. Quinti Horatii Flacci Opera. *Londini, J. Pine*, 1733, 2 vol. gr. in-8, textes et figures gravées, v. éc. fil. tr. dor.

Bel exemplaire du second tirage.

125. Quinti Horatii Flacci Opera. *Londini, Johannes Pine*, 1733, 2 vol. gr. in-8, texte et figures gravées, v. éc. fil. tr. dor.

Deuxième tirage.

126. Quinti Horatii Flacci Opera. *Londini, apud Gul. Sandby*, 1749, 2 vol. gr. in-8, figure, v. éc. fil. tr. dor.

127. Quintus Horatius Flaccus cum scholiis perpetuis Johannis Bond. *Parisiis*, 1806, gr. in-8, frontispice v. fauve, dent. tr. marbr.

128. Œuvres d'Horace en latin et en françois, avec des remarques critiques et historiques, par M. Dacier. *Paris, J.-B. Christophle Ballard*, 1709, 10 vol. in-12, front. gr. v. br. armoiries sur les plats, tr. dor.

Exemplaire en papier de Hollande.

129. Ovidii Nasonis Fastorum libri VI; Tristium libri V. *Antverpiæ, ex officina Plantini*, 1578, in-16, v. br.

La reliure est datée de 1581.

130. LES MÉTAMORPHOSES D'OVIDE, traduites par l'abbé Banier, ornées de figures gravées sur les dessins des meilleurs peintres françois, par les soins des sieurs le Mire et Basan, graveurs. *Paris* (1767), 4 vol. in-4, v. antiq. dent. tr. dor.

131. Les Métamorphoses d'Ovide, traduction nouvelle avec le texte latin, par G.-T. Villenave, ornée de gravures d'après les dessins de MM. Lebarbier, Monsiau et Moreau. *Paris*, 1806-07, 4 vol. gr. in-8, demi-rel. avec coins, mar. viol, tr. marbr.

132. Epistole eroiche di P. Ovidio Nasone tradotte da Remigio Fiorentino, *In Parigi, appresso Durand*, 1762, in-8, portrait, titre-frontispice, vignettes et culs-de-lampe par Jos. Zocchi, tirés en rouge, mar. rouge, fil. tr. dor. (*Ancienne reliure anglaise.*)

133. M. Manilii Astronomicon interpretatione et notis ac figuris illustravit Michael Fayus. *Parisiis, apud Fredericum Leonard*, 1679, in-4, parch.

---

134. Fabliaux ou Contes, Fables et Romans du XII$^{e}$ et du XIII$^{e}$ siècle, traduits ou extraits par Legrand d'Aussy. *Paris, J. Renouard*, 1829, 5 vol. in-8, br. figures de Moreau.

135. Les Poésies du roi de Navarre, avec des notes et un glossaire françois. *A Paris, L. Guérin*, 1742, 2 vol. in-12, v. fauve, antiq.

Bel exemplaire aux armes de Soubise.

136. Le Roman de la Rose, par Guillaume de Lorris et Jean de Meung. *Paris, J. Fournier et F. Didot*, an VII, 5 vol. gr. in-8, papier vélin fort, portrait et figures avant la lettre, demi-rel. avec coins, v. rouge, dos orné, n. rog.

137. Recueil des plus belles pièces des poëtes françois, tant anciens que modernes, depuis Villon jusqu'à M. de Benserade. *A Paris, chez Claude Barbin*, 1692, 5 vol. in-12, v. antiq. marbr.

138. Les Œuvres de Pierre de Ronsard, gentilhomme vandosmois, prince des poëtes francois. *A Paris, chez Nicolas Buon*, 1609, in-fol. titre gravé par L. Gaultier, bas.

Le titre est raccommodé et doublé.

139. Les Œuvres de Pierre de Ronsard, gentilhomme vandosmois, prince des poëtes francois, revues et augmentées et illustrées de commentaires et remarques. *A Paris, chez Nicolas Buon*, 1623, 2 vol. in-fol. titre front. gravé et portrait, v. antiq.

Le titre du tome II est raccommodé.

140. Poésies de Malherbe. *A Paris, imprimé au Louvre, par Didot l'aîné*, an V, in-4, papier vélin, demi-rel. v. rouge, n. rog.

141. Les Œuvres de M. François de Malherbe. *Impr. à Orléans et se vend à Paris, chez Guignard*, 1659, in-12, mar. r. fil. t. d. (*Anc. rel.*)

142. Les Œuvres françoises de Joachim du Bellay. *Paris, Fred. Morel*, 1584. — 1 tome en 2 vol. in-12, mar. rouge, comp. dent. tr. dorée. (*Capé*.)

Bel exemplaire.

143. Œuvres de Boileau-Despréaux, avec neuf figures dessinées et gravées par les meilleurs artistes. *A Paris, de l'imprimerie de Crapelet*, 1798, in-4, demi-rel. bas.

144. Œuvres de Boileau, édition dédiée au roi. *A Paris, Pierre Didot l'aîné*, 1819, 2 vol. in-fol. papier vélin, demi-cart. perc. noire, n. rog.

Édition tirée seulement à 125 exemplaires. N° 29, sign. par P. Didot.

145. OEuvres de Boileau, avec un nouveau commentaire par M. Amar. *Paris, Lefèvre*, 1841, 4 vol. gr. in-8, portrait et figures de Desenne, mar. citr. n. rog. (*Thouvenin*.)

Exemplaire en grand papier vélin.

146. Fables de la Fontaine. *A Paris, de l'impr. de P. Didot l'aîné*, 1802, 2 tomes en 1 vol. gr. in-fol. vignettes de Percier, demi-rel. avec coins mar. bleu doré en tête, n. rog.

147. Fables de la Fontaine avec les dessins de Gustave Doré. *Paris, L. Hachette*, 1867, 2 vol. in-4, mar. brun, doré en tête, n. rog. (*Pouget*.)

148. Contes et nouvelles en vers, par M. de la Fontaine. *Amsterdam*, 1762, 2 vol. in-8, portraits et figures et culs-de-lampe, mar. rouge, fil. tr. dor. (*Reliure ancienne*.)

Bel exemplaire.

149. Œuvres de J.-B. Rousseau, nouvelle édition, avec un commentaire historique et littéraire. *Paris, Lefèvre*, 1820, 5 vol. gr. in-8 cavalier br. (*Portrait de l'auteur, gravé par Delvaux et avant la lettre*.)

150. La Henriade de M. de Voltaire, avec des remarques et les différences qui se trouvent dans les différentes éditions de ce poëme. *Londres*, 1741, in-4, fig. de Cochin, Dupuis, Lépicié, etc., veau f. fil. (*Anc. rel.*)

151. La Henriade, poëme de Voltaire, ornée de dessins lithographiques. *A Paris, chez E. Dubois*, 1825, in-fol. demi-rel. avec coins v. viol. n. rog.

152. La Pucelle, poëme, suivi des contes et satires de Voltaire. (*Kehl*), *de l'imprimerie de la Société littéraire et typographique*, 1789, in-4, figures de Moreau sur chine, veau viol. tr.

Planches à chaque chant.

153. La Pucelle d'Orléans (par Voltaire), poëme en vingt et un chants et des notes. *Londres* (*Cazin*), 1780, 2 tomes en 1 vol. in-18, figures de Duplessis-Bertaux, demi-rel. mar. r. avec coins, doré en tête, n. rog.

On a ajouté à cet exemplaire le frontispice sur chine de la réimpression de Leclère et un portrait de Voltaire par Hopwood.

154. CHOIX DE CHANSONS mises en musique, par M. de la Borde, premier valet de chambre ordinaire du roi, gouverneur du Louvre. *Paris, chez de Lormel*, 1773, 2 vol. gr. in-8, figures de Moreau, le Barbier, Saint-Quantin, etc., mar. r. dos orné, fil. dent. int. tr. dor. (*Hardy-Mesnil.*)

Bel exemplaire. On a ajouté, pages 15 et 16 du tome I, deux feuillets manuscrits d'un morceau de musique dont ils paraissent être les originaux.

155. CHOIX DE CHANSONS MISES EN MUSIQUE, par M. de la Borde. *Paris, chez de Lormel*, 1773, 4 vol. in-8. *Texte et musique gravés, figures par Moreau, le Barbier, Saint-Quantin*, etc., parch. vert.

Portrait ajouté, gravé par Gaucher. Le titre du tome I est remmargé, la dédicace est remontée et doublée.

156. Lettre d'Alcibiade à Glicère, bouquetière d'Athènes, suivie d'une lettre de Vénus à Pâris et d'une épître à la maîtresse que j'aurai (par Pezay). *Paris, Sébastien Jorry*, 1764, in-8, figures et vignettes par Eisen, demi-rel. mar. citr. doré en tête, n. rog.

Exemplaire en grand papier de Hollande.

157. Le Pot-Pourri, épître à qui on voudra, suivie d'une autre épître, par l'auteur de Zélis au Bain (par Pezay). *A Genève, et se vend à Paris, chez Sébastien Jorry*, 1764, in-8, frontispice et vignettes par Eisen, demi-rel. mar. citron, doré en tête, n. rog.

Exemplaire en grand papier de Hollande.

158. Anthologie françoise, ou Chansons choisies depuis le XIII$^{e}$ siècle jusqu'à présent. *S. l.*, 1765, 4 tomes en 3 vol. in-8, portrait de Monnet et figures de Gravelot, musique notée, v. ant.

Les Chansons joyeuses forment la 4$^{e}$ partie.

159. Anthologie françoise, ou Chansons choisies depuis le XIII$^{e}$ siècle jusqu'à présent. *S. l.* (*Paris*), 1765, 3 vol. in-8, portrait de Monnet par Cochin et figures par Gravelot, reliés en bas.

160. Le Tableau de la Volupté, ou les Quatre parties du jour, poëme, par M. D. B. (par Dubuisson). *A Cythère, au temple du Plaisir*, 1771, front. et vignettes par Eisen, pet. in-8, v. brun.

161. Les Œuvres complètes de Vadé, avec les airs notés à la fin de chaque volume. *A Genève (Cazin)*, 1777, 4 vol. in-18, portrait, v. ec. fil. tr. dor.

162. Les Mois, poëme en douze chants, par M. Roucher. *A Paris, de l'imprimerie Quillau*, 1779, 2 vol. in-4, figures de Moreau et Cochin, v. ant. marbr. (*Armoiries sur les plats.*)

163. Le Fond du sac, ou Restant des babioles de M. X*** (par Nougaret). *Venise (Cazin)*, 1780, 2 vol. in-18, front. et vignettes par Duplessis-Bertaux, v. éc. fil. tr. dor.

Mouillures.

164. Les Plaisirs de l'amour, ou Recueil de contes, histoires et poëmes galants. *Chez Apollon, au Mont-Parnasse (Cazin)*, 1782, 3 vol. in-18, figures, v. éc. fil. tr. dor.

165. Œuvres de Gresset. *Paris, Ant.-Aug. Renouard*, 1811, 2 vol. in-8, avec le Parrain magnifique, figures de Moreau et portrait par Nattier, demi-rel. bas. n. rog.

On a ajouté à cet exemplaire les 6 gravures in-18 de Moreau pour l'édition de Saugrain.

166. Saint-Lambert. Les Saisons. *Paris*, 1796, in-4, demi-rel. mar. r. tr. dor. *Figures de Chaudet.*

167. Œuvres complètes de Gilbert. *Paris, Dalibon*, 1823, in-8, portrait et figures de Desenne, demi-rel. v. rouge, n. rog.

168. Les Chevaliers de la Table ronde, poëme en vingt chants, tiré des vieux romanciers par M. Creuzé de Lesser. *Paris, Delaunay*, 1812, in-16, figure, demi-rel. v. viol.

169. Œuvres complètes de Millevoye, 4 vol. — Œuvres posthumes, 2 vol. *Paris, Ladvocat*, 1823, 6 vol. in-12, figures de Devéria, v. vert, tr. marbr.

170. Sonnets et eaux-fortes. *Paris, Alph. Lemerre*, 1869, in-4, demi-rel. avec coins maroq. r. jans. doré en tête, n. rog. (*David.*)

---

171. La Divina Commedia di Dante Alighieri. *Parigi*, 1804, 3 vol. in-4, papier vél. mar. r. dent. sur les plats, doublé de tabis vert, avec dent. tr. dor.

172. L'Enfer, poëme du Dante, traduit de l'italien, suivi de notes explicatives pour chaque chant. *Paris, J. Smith*, 1812, in-8, figuré, br. n. rog.

173. Orlando furioso di Lodovico Ariosto. *Birmingham, G. Baskerville*, 1773, 4 vol. gr. in-8, portrait de l'Arioste gravé par Ficquet, et figures par Eisen, Moreau et Cipriani, mar. bleu, fil. tr. dor.

174. Orlando furioso di Lodovico Ariosto. *In Parigi, appresso Fantin, librajo*, 1803, 4 vol. in-4, portraits et figures, demi-rel. avec coins mar. r. doré en tête, n. rog.

175. La Gerusalemme liberata di Torquato Tasso. *In Parigi*, 1771, 2 vol. gr. in-8, front. titres, figures, vignettes et culs-de-lamp, par Gravelot, v. éc. fil. tr. dor.

176. LA GERUSALEMME LIBERATA di Torquato Tasso. *Nella stamperia di Fr.-Ambr. Didot l'aîné. Paris* (1785-86), seconda edizione, 2 vol. in-4, *figures de Cochin* AVANT LA LETTRE *et les* EAUX-FORTES, demi-rel. avec coins, mar. vert, fil. n. rog.

Il manque les eaux-fortes du chant VIII, tome premier, et du chant XVII, tome second.

177. La Gerusalemme liberata di Torquato Tasso. *Parma, Bodoni*, 1794, 3 vol. in-fol. papier vél. demi-rel. avec coins v. vert, n. rog.

178. Jérusalem délivrée, poëme du Tasse, nouvelle traduction. *Paris, Musier fils*, 1774, 2 vol. in-8, fig. fleurons par Gravelot, v. tr. dor.

179. Jérusalem délivrée, poëme traduit de l'italien. *A Paris, chez Bossange et Masson*, 1814, 2 vol. gr. in-8, v. rose, dent. à froid, fil. noirs, tr. dor. (*Thouvenin.*)

Exemplaire en papier vélin, avec les figures de Lebarbier AVANT LA LETTRE.

180. Poésies diverses (de Frédéric le Grand). *Berlin, Voss*, 1760, in-4, demi-rel.

Nombreuses figures de Meil.

181. Les Quatre Parties du jour, poëme traduit de l'allemand de M. Zacharie. *A Paris, chez J.-B.-G. Musier*, 1769, in-8, papier de Hollande, figures et vignettes par Eisen, v. ant. marbr. fil. tr. dor.

182. Le Paradis perdu, traduction de Chateaubriand, précédé de réflexions sur Milton par Lamartine. *Paris, Rigaud*, 1863, in-fol. demi-rel. chagr. bl. tr. sup. dor. n. rog.

25 figures sur acier.

## III. THÉATRE.

183. Sophoclis quæ exstant omnia, cum scholiis. Superstites tragœdias VII recensuit Brunck. *Argentorati, ap. Treuttel*, 1786, 2 vol. in-4, mar. bleu, dent. tr. dor.

Reliure ancienne.

184. Les Comédies de Térence, trad. par M^me^ Dacier. *Amsterdam, Arkstée et Merkus*, 1747, 3 vol. in-12, v. gr. *fig. au trait de Bernard Picart.*

185. Les Comédies de Térence, traduction nouvelle, avec le texte latin à côté et des notes par M. l'abbé le Monnier. *Paris*, 1771, 3 vol. in-8, papier vél. figures de Cochin, mar. bleu, dent. tr. dor. (*Bozérian jeune.*)

---

186. Chefs-d'œuvre dramatiques, ou Recueil des meilleures pièces du théâtre français tragique, comique et lyrique, avec des discours préliminaires sur les trois genres par Marmontel. *A Paris, Grangé*, 1773, in-4, figures et vignettes par Eisen, v. éc. fil. tr. dor.

Exemplaire en grand papier de Hollande.

187. Théâtre choisi de P. Corneille. *Paris, de l'imprimerie de Fr.-Ambr. Didot l'aîné*, 1783, 2 vol. in-4, cart. n. rog.

188. Théâtre choisi de P. Corneille. *Paris, Ambr. Didot l'aîné*, 1783, 2 vol. in-4, cart. n. rog.

189. Théâtre de P. Corneille, avec les commentaires de Voltaire. *A Paris, de l'imprimerie de P. Didot l'aîné*, 1795, 10 vol. in-4, figures de Bayalos, publiées par Furne, demi-rel. avec coins mar. vert, fil. doré en tête, n. rog.

190. ŒUVRES DE P. CORNEILLE, avec les notes de tous les commentateurs. *Paris, Lefèvre*, 1824, 12 vol. gr. in-8, v. viol. à comp. tr. dor.

Exemplaire en GRAND PAPIER JÉSUS VÉLIN, avec les figures ajoutées de Gravelot, les figures de Moreau pour l'édition de Renouard, celles de Bayalos publiées par Furne, celles de Desenne et Devéria, et un grand nombre de portraits anciens en tirage moderne.

On a ajouté un tome XII^e^ double de l'édition de Renouard, contenant le théâtre de Th. Corneille, avec des figures et des portraits ajoutés.

191. LA SUITE DU MENTEUR, comédie. *Imprimée à Rouen, et se vend à Paris, chez Antoine de Sommaville*, 1645, pet. in-12, 6 ff. pr. et 93 pages, non relié.

ÉDITION ORIGINALE. Haut. : 129 mill.

192. Œuvres de Racine. *Londres, de l'imprimerie J. Tonson et J. Watts*, 1723, 2 vol. in-4, portrait et figures, v. br.

193. Œuvres de Racine. *Paris*, 1760, 3 tomes en 1 vol. in-4, portrait de l'auteur par Daullé, fleurons, figures, vignettes et culs-de-lampe par de Sève, chagr. noir, fil. tr. peigne. (*Armoiries sur les plats.*)

194. Œuvres de Racine. *Paris*, 1760, 3 vol. in-4, parch. portrait, fleurons, figures et culs-de-lampe par de Sève.

195. ŒUVRES DE RACINE, de l'Académie françoise. *Paris*, 1767, 3 vol. in-12, figures et vignettes par de Sève, v. ant.

196. ŒUVRES DE JEAN RACINE. *A Paris, de l'imprimerie de Pierre Didot l'aîné*, 1801, 3 vol. in-fol. papier vélin, front. par Proudhon et figures par Chaudet, Gérard, Girodet, etc., demi-rel. avec coins mar. r. doré en tête, n. rog.

197. Œuvres de Jean Racine, avec des commentaires par J.-L. Geoffroy. *Paris, le Normant*, 1808, 6 vol. in-8, portraits et figures, demi-rel. avec coins, v. ant. (*Reliure anglaise.*)

198. Œuvres complètes de Jean Racine, nouvelle édition, ornée de figures dessinées par Moreau le Jeune. *A Paris, de l'imprimerie de Crapelet*, 1811, 4 vol. in-8, br.

199. ŒUVRES COMPLÈTES DE J. RACINE, avec les notes de tous les commentateurs, 2e édition, publiée par L. Aimé-Martin. *Paris, Lefèvre*, 1822, 6 vol. gr. in-8, mar. viol. dent. tr. dor.

Exemplaire en GRAND PAPIER VÉLIN.

On a ajouté à cet exemplaire un frontispice par Prudhon, 2 portraits dont 1 par Desenne; les figures de Gravelot, Girodet, Desenne et les figures de Moreau, publiées par Renouard, avant la lettre.

200. BÉRÉNICE, tragédie, par M. Racine. *A Paris, chez Claude Barbin*, 1671, in-12 de 10 ff. pr. et 88 pages, mar. r. comp. à la du Seuil, dent. int. tr. dor. (*Chambolle-Duru.*)

ÉDITION ORIGINALE. Bel exemplaire. Haut. : 145 mill.

201. Rachel et la tragédie, par Jules Janin, ouvrage orné de dix photographies représentant Mlle Rachel dans ses principaux rôles. *Paris, Amyot*, 1859, in-4, demi-rel. chagr. bleu, tr. dor.

202. LES ŒUVRES DE MONSIEUR MOLIÈRE. *A Paris, chez Claude Barbin*, 1673, 2 vol. in-12 (tome Ier et tome II), mar. r. fil. tr. dor. (*Reliure ancienne.*)

Le frontispice du tome Ier est déchiré, celui du tome IIe est en très-bon tat. L'exemplaire est mouillé.

203. ŒUVRES DE MOLIÈRE, avec des remarques grammaticales, des avertissements et des observations sur chaque pièce par M. Bret. *Paris*, 1773, 6 vol. in-8, v. f. fil. tr. dor.

204. ŒUVRES DE MOLIÈRE, avec des remarques grammaticales, des avertissements et des observations sur chaque pièce par M. Bret. *Paris, par la Compagnie des libraires associés*, 1773, 6 vol. in-8, fig. de Moreau, v. marbr. fil. tr. dor.

205. Œuvres complètes de Molière, avec les notes de tous les commentateurs, édition publiée par L. Aimé-Martin. *Paris, Lefèvre*, 1824-1826, 8 vol. gr. in-8, portrait en mé-

daillon gravé par Taurel et figures de Desenne avant la lettre, demi-rel. avec coins mar. bleu, dos orné, doré en tête, n. rog. (*Müller.*)

Exemplaire en grand papier vélin.

206. Œuvres complètes de Regnard, avec des avertissements et des remarques sur chaque pièce par M. Garnier. *A Paris, chez Haut-Cœur,* 1820, 6 vol. in-8, portrait gravé par Tardieu et figures d'après Marillier, demi-rel. v. bl. tr. marbr.

207. Œuvres de Crébillon. *Paris, Renouard,* 1818, 2 vol. in-8, demi-rel. fig.

La suite des figures de Moreau est AVANT LA LETTRE.

208. Spectacles de la cour, pendant l'année 1770. — Persée, tragédie. — Castor et Pollux, tragédie. — Théonis, ou le Toucher, pastorale. — La Vue, ballet. — Alphée et Aréthuse, opéra. — La Sibylle. — Églé, ballet. — La Fête de Flore, ballet. — Thémire, pastorale. — Les Sabots, de Sedaine, opéra comique. — Les Deux Avares, comédie. — Le Tableau parlant, comédie-parade. — Le Vin nouveau, opéra comique. — L'Amitié à l'épreuve, de Favart. — On ne s'avise jamais de tout, opéra comique. *Paris, Ballard,* 1770, 2 vol. in-8, mar. r. fil. tr. dor. (*Aux armes du roi.*)

209. Les Prôneurs, ou le Tartuffe littéraire, comédie en trois actes et en vers, par Dorat. *Paris, Delalain,* 1777, in-8, broché.

Frontispice et figures de Marillier AVANT LA LETTRE. Exemplaire en papier de Hollande et NON ROGNÉ.

210. Les Œuvres de théâtre de M. d'Ancourt. *Paris,* 1760, 12 vol. in-12, v. f. dent. tr. dor.

211. Œuvres de J.-F. Ducis, membre de l'Institut, ornées du portrait de l'auteur d'après M. Gérard et de gravures d'après MM. Girodot et Desenne. *Paris, Nepveu,* 1819, 4 vol. in-8, v. f. dent. à froid, tr. dor.

Le quatrième volume a pour titre : Essais de Mémoires ou lettres sur la vie, le caractère et les écrits de J.-F. Ducis, par M. Campenon.

212. Œuvres d'Andrieux. *Paris, Nepveu,* 1818-1823, 4 vol. in-8, figures de Desenne, demi-rel. v. rose, tr. marbr. (*Duplanil.*)

213. Théâtre-Français, par MM. Duval, Désaugiers, Étienne Planard, Delavigne, Scribe, etc. Environ 40 pièces, de 1812 à 1830, réunies en 4 vol. in-8, demi-rel. avec coins, v. ant.

---

214. Shakespeare, traduit de l'anglais par Letourneur. *Paris,* 1776 à 1782, 20 vol. in-8, bas.

215. Opere di Pietro Metastasio. *Milano*, 1815, 12 vol. gr. in-12, figures, demi-rel. v. r. n. rog.

216. Tragedie di Vittorio Alfieri da Asti. *Firenze, presso Leonardo*, 1820, 6 vol. figures. — Vita di Vittorio Alfieri da Asti, scritta da esso. *Firenze*, 1822, 2 tomes en 1 vol. Ens. 5 vol. gr. in-8, v. f. dent. tr. dor.

217. Faust, tragédie de Gœthe, traduite en français par Albert Stapfer, ornée d'un portrait de l'auteur et de dix-sept dessins composés d'après les principales scènes de l'ouvrage et exécutés sur pierre par Eugène Delacroix. *Paris*, *Sautelet*, 1828, in-fol. demi-rel.

Épreuves sur chine.

## IV. ROMANS.

218. Daphnis et Chloé, traduction d'Amyot, complétée par Courier. 43 compositions au trait par Léopold Burthe. *Paris*, *Hetzel*, 1863, gr. in-fol. fig. demi-rel. mar.

219. Les Amours de Clitophon et de Leucippe, par Ach. Tatius, trad. par de Belleforest. *Paris, à l'Olivier de l'Huillier*, 1568, in-12, v. gr.

Aux armes du DUC D'AUMONT.

220. L'Ane d'or d'Apulée, précédé du Démon de Socrate, nouvelle traduction, avec le latin en regard, par J.-A. Maury. *Paris*, 1822, 2 vol. in-8, figures au trait, v. viol. fil. tr. marbr.

221. Éloge de la Folie, nouvellement traduit d'Érasme par M. de Laveaux. *Basle, J.-J. Turneysen*, 1780, in-8, figures de Jean Holbein, v. rac.

Exemplaire en papier de Hollande.

---

222. ŒUVRES DE MAÎTRE FRANÇOIS RABELAIS, avec des remarques historiques et critiques de M. le Duchat, nouvelle édition, ornée de figures de B. Picart, etc. *Amsterdam, chez Jean-Fr. Bernard*, 1741, 3 vol. in-4, v. ant. marbr.

223. Œuvres de Rabelais, texte collationné sur les éditions originales, avec une Vie de l'auteur, des notes et un glossaire, illustrations de Gustave Doré. *Paris*, *Garnier frères*, 1873, 2 vol. in-fol. cart.

224. Le Moyen de parvenir, par Beroalde de Verville, publié par Paul Lacroix. *Paris, Gosselin*, 1841, in-12 (*portrait*

*ajouté sur chine, gravé par Hopwood*), demi-rel. avec coins mar. citr. fil. doré en tête, n. rog. (*Hardy*.)

225. Les Traversez Hasards de Clidion et Armirie, par le sieur des Escuteaux. *Paris, François Huby*, 1612, pet. in-12, vélin.

Livre rare.

226. POLEXANDRE (par de Gomberville). *Paris, Courbé*, 1645, 5 vol. in-12, mar. vert, dent. tr. dor. (*Anc. rel.*)

227. Le Barbon (par Balzac). *A Paris, chez Aug. Courbé*, 1648, in-8, v. ant.

Exemplaire en grand papier.

228. ROMAN COMIQUE DE SCARRON, recueil de 16 planches et d'un portrait par Pater. In-fol. obl. rel. en v.

Bel exemplaire, épreuves avec marges, provenant de du Tilliot, qui y a ajouté une longue note sur Scarron.

229. Les Contes de Perrault, dessins par Gustave Doré, préface par P.-J. Stahl. *Paris, J. Hetzel*, 1862, in-4, demi-rel. avec coins mar. r. doré en tête, n. rog.

230. Les Contes de Perrault, dessins par Gustave Doré, préface par P.-J. Stahl. *Paris, J. Hetzel*, 1869, in-4, demi-rel. avec coins mar r. fil. dos orné en tête, n. rog.

231. LA FONTAINE. Les Amours de Psyché et de Cupidon. *Paris, Didot aîné*, 1797, in-4, demi-rel.

Les figures de Gérard sont AVANT LA LETTRE.

232. Les Avantures de Télémaque, fils d'Ulysse, par feu messire François de Salignac de la Motte-Fénelon. *Paris, Jacques Estienne*, 1730, 2 tomes en 1 vol. in-4, figures de Coypel, etc., parch. blanc, fil. tr. dor.

233. Les Aventures de Télémaque, fils d'Ulysse, par M. de Fénelon. *A Paris, de l'imprimerie de Crapelet, an IV*, 2 vol. in-8, portrait et figures de Marillier, demi-rel. avec coins mar. viol. doré en tête, n. rog.

Exemplaire en grand papier. Les figures de Marillier sont AVANT LA LETTRE.

234. Les Aventures de Télémaque, par François de Salignac de la Mothe-Fénelon. *Paris*, 1810. 2 vol. in-4, figures gravées d'après les dessins de Ch. Monnet par J.-B. Tilliard, demi-rel. avec coins, mar. viol. fil. n. rog.

235. Aventures de Télémaque, par Fénelon, avec des notes géographiques et littéraires. *Paris, Lefèvre*, 1824, 2 vol. in-8, portrait par Roger, v. vert, fil. tr. dor.

Exemplaire en papier vélin, avec la suite ajoutée des figures de Moreau publiée par Renouard.

236. Mémoires du comte de Grammont, par le comte Antoine Hamilton, édition ornée de 72 portraits, gravés d'après les tableaux originaux. *Londres, s. d.*, in-4, v. f.

237. Histoire de Gil Blas de Santillane, par M. le Sage. *A Paris*, 1771, 4 vol. in-12, figures, v. ant. marbr.

238. Histoire de Gil Blas de Santillane, par le Sage. *A Paris, de l'imprimerie de Didot jeune, l'an troisième*, 4 vol. in-8, cuir de Russie, dent. à froid sur les plats tr. dor. (*Reliure anglaise avec armoiries.*)

Exemplaire en grand papier vélin, avec la suite des figures de Barnet AVANT LA LETTRE.

239. Histoire de Gil Blas de Santillane, par le Sage. *Londres*, 1809, 4 vol. in-8, cart. n. rog. (*Figures de Smirke.*)

240. Histoire de Gil Blas de Santillane, par le Sage. *Londres*, 1809, 4 vol. gr. in-8, figures de Smirke, demi-rel. v. (*Reliure anglaise.*)

241. Histoire de Gil Blas de Santillane, par le Sage, avec des notes historiques et littéraires par M. le comte François de Neufchâteau. *Paris, Lefèvre*, 1825, 3 vol. gr. in-8, *portrait par Roger sur chine et figures de Desenne avant la lettre*, v. viol. orn. à froid, fil. tr. dor.

Exemplaire en PAPIER VÉLIN.

242. Œuvres complètes de M^me^ de Grafigny. *Paris, Briand*, 1821, in-8, figures par le Barbier et Chasselat, demi-rel. v. vert, n. rog.

Exemplaire piqué de rouille.

243. Le Temple de Gnide, par Montesquieu. — Arsace et Isménie, histoire orientale. *A Paris, de l'imprimerie de Didot jeune, l'an III*, gr. in-8, front. gravé, demi-rel. avec coins v. r. fil.

244. Contes de Guillaume Vadé (Voltaire). *S. l.*, 1764, in-8, v. gr.

Édition originale. Curieux portrait de Voltaire, à l'eau-forte, ajouté.

245. La Nouvelle Héloïse, ou Lettres de deux amants habitants d'une petite ville au pied des Alpes, recueillies et publiées par J.-J. Rousseau. *A Neufchâtel, et se trouve à Paris*, 1764, 4 vol. in-12, figures de Gravelot, mar. r. fil. tr. marbr.

On a ajouté à cet exemplaire les figures de Prudhon.

246. RESTIF DE LA BRETONNE. Le Paysan et la Paysanne pervertis, ou les Dangers de la ville. *Imprimé à la Haye, et se trouve à Paris*, 1774-1776. Ens. 8 vol. in-12, figures de Binet, v. ant. marbr.

247. Les Contemporaines, ou Avantures des plus jolies femmes de l'âge présent, recueillies par Restif de la Bretonne. *Leipzick*, 1781-1785, 42 vol. in-12, figures de Binet, v. ant. marbr.

248. Les Liaisons dangereuses, par C. de L*** (Choderlos de Laclos). *Londres* (*Paris*), 1796, 2 vol. in-8, figures, v. gr. dent. tr. marbr.

249. Les Liaisons dangereuses, lettres recueillies dans une société par C. de L*** (Choderlos de Laclos). *Londres*, 1796, 2 vol. in-8, figures de Monnet, mar. r. dent. tr. dor.

250. Paul et Virginie, par J.-H. Bernardin de Saint-Pierre. *Paris, L. Curmer, rue Sainte-Anne*, 1838, gr. in-8, mar. r. fil. tr. dor.

Bel exemplaire. Portrait de Bernardin de St-Pierre, *à la Sphère;* portrait du docteur par Meissonnier, sur chine.

251. Les Proscrits par Charles Nodier. *A Paris, chez le Petit et Gérard*, 1802, in-12, figure demi-rel. v. vert.

252. La Vie de garçon dans les hôtels garnis, et les farces nocturnes des contrebandiers et des fraudeurs. *Paris, Corbet*, 1821-1824, 2 part. en 1 vol. pet. in-12, avec 2 figures, demi-rel. avec coins, v. fauve, tr. marbr.

253. Histoire du roi de Bohême et de ses sept châteaux (par Ch. Nodier). *Paris, Delangle fr.*, 1830, in-8, cart. n. rog.

254. La Confession (par Jules Janin). *Paris, Alex. Mesnier*, 1830, 2 tomes en 1 vol. in-12, figures par Alfr. Johannot, sur chine remonté, demi-rel. v.

Première édition.

255. Les Cent Contes drolatiques colligez ès abbaies de Touraine et mis en lumiere par le sieur de Balzac, 1832, 2 vol. in-8, demi-rel. v. viol.

256. Victor Hugo. Notre-Dame de Paris, édition illustrée d'après les dessins de MM. E. de Beaumont, L. Boulanger, Daubigny. T. Johannot, Meissonnier, etc, *Paris, Perrotin et Garnier fr.*, 1844, gr. in-8, demi-rel. mar. viol. plats toile, tr. dor.

257. Nestor Roqueplan. Regain. La Vie parisienne. *Paris, V. Lecou*, 1853, in-12, demi-rel. avec coins, mar bleu, fil. doré en tête, n. rog.

On a ajouté à cet exemplaire les portraits de George Sand, A. Thiers, Félicien David, Th. Gautier, Roger, J. Janin, etc.

258. Graziella, par A. de Lamartine, avec les dessins d'Alfred de Curzon. *Paris, L. Hachette, Pagnerre et Furne*, 1863, in-4, cart. percal. rouge, n. rog.

---

259. Il Decamerone di M. Giovanni Boccacio. *Londra*, 1757, 5 vol. in-8, figures de Cochin, Gravelot, Eisen, etc., v. éc. fil. tr. dor.

Exemplaire de premier tirage, avec les remarques.

260. Il Decamerone di M. Giovanni Boccacio. *Londra*, 1757, 5 vol. in-8, portrait, titres-frontispices, figures et culs-de-lampe par Gravelot, v. antiq. tr. marbr.

261. CONTES DE BOCCACE, trad. nouv. par Sabatier de Castres. *Paris, Poncelin*, 1801, 11 tomes en 6 vol. v. gr. t. d. *Figures de Gravelot.* (*Anc. Rel.*)

Nombreuses eaux-fortes ajoutées.

262. El Ingenioso Hidalgo don Quixote de la Mancha, compuesto por Miguel de Cervantes Saavedra. *En Madrid, por don Joaquin Ibarra, impresor*, 1780, 4 vol. in-4, avec frontispices et figures, vignettes et culs-de-lampes par Antonio Carnicera, v. rac. tr. dor.

Exemplaire grand de marges, avec 4 frontispices et 31 figures, plus la carte et le portrait.

263. El Ingenioso Hidalgo don Quixote de la Mancha, por Miguel de Cervantes Saavedra. *Madrid, don Joaquin Ibarra*, 1780, 4 vol. gr. in-4, carte, figures, vignettes et culs-de-lampe par Antonio Carnicera, v. br. filets tr. dor.

Les épreuves sont avant la lettre.

264. L'Ingénieux Hidalgo don Quichotte de la Manche, par Miguel de Cervantes Saavedra, traduction de Louis Viardot, avec les dessins de Gustave Doré, gravés par H. Pisan. *Paris, L. Hachette*, 1863, 2 vol. in-fol. demi-rel. mar. rouge, plats toiles, tr. dor.

265. Œuvres de Salomon Gessner, traduites de l'allemand. *Zuric*, 1777, 2 vol. in-4, avec figures, vignettes et culs-de-lampe, v. rac.

266. Œuvres de Salomon Gessner. *A Paris, chez Antoine-Augustin Renouard*, 1799, 4 vol. in-8, figures de Moreau, v. viol. fil. tr. marbr.

267. ŒUVRES DE GESSNER. *A Paris, chez Dufart, s. d.* 2 vol. v. quadr. tr. jasp.

Exemplaire avec le portrait et les figures de Monnet AVANT LA LETTRE.

268. Collection de romans et contes imités de l'anglais, corrigés et revus de nouveau, par M. de la Place. *A Paris, chez Cussac*, 1788, 8 vol. in-8, figures par A. Borel, v. rac.

269. Voyages de Gulliver. *A Paris, de l'impr. de Didot l'aîné*, 1797, 4 vol. in-12, veau racine, dent. tr. marbr.

Exemplaire avec les figures de Le Febvre AVANT LA LETTRE.

270. Contes fantastiques de Hoffmann, traduction nouvelle, précédés de souvenirs intimes sur la vie de l'auteur, par P. Christian, illustrés par Gavarni. *Paris, Morizot, s. d.*, gr. in-8 (portraits ajoutés), demi-rel. avec coins mar. bleu, dos orné, fil. doré en tête, n. rog.

## V. ÉPISTOLAIRES, POLYGRAPHES.

271. Lettres d'Héloïse et d'Abailard, édition ornée de huit figures gravées par les meilleurs artistes de Paris, d'après les dessins et sous la direction de Moreau le jeune. *Paris, Didot le jeune*, 1796, 3 vol. gr. in-4, papier vélin, demi-rel. avec coins, veau vert, n. rog.

Les figures de Moreau sont AVANT LA LETTRE.

---

272. Œuvres de monsieur Scarron. *Amsterdam, chez J. Wetstein et G. Smith*, 1737, 10 vol. in-12, *frontispices gravés par L. Dubourg*, v. granit.

273. Œuvres de la Fontaine (édition stéréotype). *Paris, P. Didot l'aîné*, 1799, 6 vol. in-16, v. rac.

274. Œuvres de la Fontaine, nouvelle édition, revue, mise en ordre et accompagnée de notes par C.-A. Walckenaer. *Paris, Lefèvre*, 1822, 7 vol. in-8, figures d'après Moreau, v. tr. dor.

Figures d'après Moreau.

275. Œuvres de Montesquieu avec les notes de tous les commentateurs, édition publiée par L. Parrelle. *Paris, Lefèvre*, 1828, 8 vol. gr. in-8, br. portrait par Roger.

Mouillures.

276. Œuvres de Voltaire. *S. l. (Genève)*, 1775, 40 vol. in-8, portrait et figures, par Martinet, v. marbr. fil.

277. ŒUVRES COMPLÈTES DE VOLTAIRE. *Paris, Ant.-Aug. Renouard*, 1819-1825, 66 vol. gr. in-8, figures de Moreau, demi-rel. mar. bleu, n. rog.

Exemplaire en GRAND PAPIER VÉLIN.
Les tomes LXV et LXVI forment la table analytique des matières.

278. ŒUVRES DE VOLTAIRE, avec préfaces, avertissements, notes, etc., par M. Beuchot. *Paris, Lefèvre et Firm.-Didot fr.*, 1834, 70 vol. — Table alphabétique et analytique des matières, par Miger, 1850, 2 vol. — Ens. 72 vol. in-8, demi-rel. v. rose, tr. jasp.

279. Œuvres de Jean-Jacques Rousseau, citoyen de Genève. *A Paris*, 1801, 25 vol. in-12, figures mar. bleu, dent. dos orné, doublé de tabis rose, tr. dor. (*Bozérian.*)

280. Œuvres de M.-J. Chénier, membre de l'Institut, précédées d'une notice sur Chénier par Arnault, revues, corrigées et mises en ordre par D.-Ch. Robert et ornées du portrait de l'auteur, d'après M. Horace Vernet, 5 vol. — Œuvres posthumes de M.-J. Chénier, 3 vol. — Œuvres anciennes et œuvres posthumes d'André Chénier, 2 vol. — *Paris, Guillaume*, 1826. Ens. 10 vol. gr. in-8, demi-rel. avec coins mar. vert, n. rog.

Exemplaire en papier vélin.

281. Œuvres de madame de Souza, gravures sur acier d'après les dessins de G. Staal. *Paris, Garnier fr.*, 1865, gr. in-8, demi-rel. avec coins mar. vert clair, fil. dos orné, doré en tête, n. rog. (*C. Hardy.*)

282. ŒUVRES DE DORAT. *Paris, Sébastien Jorry*, 1770-1779, 25 vol. in-8, *figures de Marillier et Eisen*, mar. citron, fil. tr. dor. (*Anc. rel. fatiguée.*)

Exemplaire en papier de Hollande.
Théâtre, 5 vol. — Poésies, 11 vol. — Romans, 9 vol. Les Fables et les Baisers forment les volumes 14, 15 et 16. Les épreuves sont bonnes.

---

# HISTOIRE.

## I. GÉOGRAPHIE. VOYAGES.

283. Le Monde, ou la Description générale de ses quatre parties (Europe, Asie, Afrique, Amérique), par Pierre d'Avity. *Paris, Sonnius*, 1638, 5 vol. in-fol. mar. r. comp. tr. dorée.

Ancienne reliure aux armes du président Séguier. Nombreuses figures et cartes. La partie traitant de l'Amérique est curieuse.

284. Atlas méthodique et élémentaire de géographie et d'histoire dédié à M. le président Hénault, par M. Buy de Mornas, professeur de géographie et d'histoire. *A Paris, chez l'auteur*, 1771, gr. in-fol. texte gravé avec ornementa-

tion, cartes color. mar. rouge, large dent. sur les plats, tr. dor. (*Reliure ancienne.*)

Aux armes de Marie-Joséphine de Saxe, mère de Louis XVI. Très-bel exemplaire.

285. Atlas historique, chronologique et géographique de Lesage (comte de las Cases). *Bruxelles*, 1833, gr. in-fol. demi-rel.

286. Atlas des Indes occidentales, ou Description géo-hydrographique des régions, des côtes, des isles et des mers connues sous le nom d'Indes occidentales, par feu Thomas Jefferys, géographe du roi. *Londres et Paris*, 1777, gr. in-fol. demi-rel. mar. vert.

287. Le Neptune oriental, ou Routier général des côtes des Indes orientales et de la Chine, enrichi de cartes hydrographiques tant générales que particulières pour servir d'instruction à la navigation de ces différentes mers, par M. d'Apres de Mannevilette. *Paris, Jean-François Robustel*, 1745, in-plano, parch. vert, tr. dor. (*Armoiries sur les plats.*)

288. Voyage illustré dans les deux mondes, d'après les relations authentiques les plus nouvelles, par MM. F. Normand et J. Vilbort. *Paris*, *Lechevalier*, 1862, gr. in-4, cart. figures.

289. LE TOUR DU MONDE, nouveau journal des voyages publié sous la direction de M. Edouard Charton et illustré par nos plus célèbres artistes. *Paris*, *L. Hachette*, 1860-1876, 16 années en 32 vol. in-4, br.

Exemplaire SUR PAPIER DE CHINE. Collection complète.

290. Voyages en France et autres pays en prose et en vers, par Racine, la Fontaine, Regnard, Chapelle et Bachaumont, Hamilton, Voltaire, Piron, Gresset, Fléchier, Lefranc de Pompignan, Bertin, Desmahis, Bérenger, Bret, etc. *Paris, Briand*, 1818, 5 vol. in-16, figures v. rac. tr. marbr.

291. Voyage pittoresque de la Grèce. *Paris*, 1782, in-fol. (tome premier), cartes et figures par Berthaud, demi-rel. v. antiq.

Le titre gravé est doublé.

292. Voyage dans le Tyrol, aux salines de Salzbourg et de Reichenhall, par M. le chevalier de Bray. *Paris, Dentu*, 1808, in-12, v. fauve.

293. Bade et ses environs dessinés d'après nature, par Jules Coignet, avec des notices par Amédée Achard. *Paris*, *L. Hachette*, 1858, gr. in-fol. cart. percal. noire.

294. Voyage en Sibérie, par l'abbé Chappe d'Auteroche. *Paris, de Bure*, 1768, 4 vol. in-4 et 1 vol. atlas demi-rel. figures.

Nombreuses et belles figures de Leprince et de Moreau le Jeune.

295. Voyage de la France équinoxiale en l'isle de Cayenne, entrepris par les François en l'année 1651, par Biet. *Paris, Clouzier*, 1664, in-4, v. brun.

Voyage rare et recherché.

296. Voyage à travers l'Amérique du sud, de l'océan Pacifique à l'océan Atlantique, par Paul Marcoy, illustré de 626 vues, types et paysages par E. Rion, et accompagné de 20 cartes gravées sur les dessins de l'auteur. *Paris, L. Hachette*, 1869, 2 vol. in-4, demi-rel. avec coins mar. vert, tr. jasp.

## II. HISTOIRE ANCIENNE.

297. Operis chronologici tomus posterior rerum per universum orbem gestarum seriem, breuemque a Christo ad annum usque 1613 complectens narrationem, auctore Jacobo Gordono Lesmoreo societatis Jesu. *Augustoriti Pictonum, ex officina Antonii Mesnerii regis et academiæ typographi*, 1613, in-fol. mar. rouge à comp. tr. dor. (*Anc. reliure.*)

298. Columna Guido. Hystoria Troyana, *S. l. na.* (1480), in-4, goth. de 178 ff. v. f. fil.

Manque à cet exemplaire le premier feuillet blanc.

299. VOYAGE DU JEUNE ANACHARSIS en Grèce, dans le milieu du IVe siècle avant l'ère vulgaire, par l'abbé Barthélemy. *Paris*, 1788, *chez de Bure l'aîné*, 5 vol. in-4, mar. rouge, dent. sur les plats, doublé de tabis, tr. dor. (*Reliure ancienne.*)

Très-bel exemplaire papier vélin. Le tome V est un recueil de cartes géographiques, plans, vues et médailles de l'ancienne Grèce relatifs au voyage.

300. La Retraite des dix mille de Xénophon, trad. par Perrot d'Ablancourt. *Paris, Billaine*, 1665, in-12, mar. r. fil. tr. dor. (*Padeloup.*)

Exemplaire de Delaleu.

301. Histoire de Jules César (par l'empereur Napoléon III). *Paris, Impr. impériale*, 1865, 2 vol. in-4 br. (*Cartes.*)

Exemplaire en GRAND PAPIER VÉLIN.

302. Histoire de Jules César (par l'empereur Napoléon III). *Paris, Impr. imp.*, 1865, 2 vol. gr. in-4 br.

Exemplaire en grand papier vélin.

303. Les Gètes, ou la Filiation généalogique des Scythes aux Gètes et des Gètes aux Germains et aux Scandinaves, par Fr.-Guill. Bergmann. *Strasbourg et Paris*, 1859, in-8, demi-rel. avec coins mar. rouge, tr. peign.

## III. HISTOIRE DE FRANCE.

304. COLLECTION DE LA SOCIÉTÉ DE L'HISTOIRE DE FRANCE. *Paris, Renouard*, 1838-1876, 96 vol. in-8 br. et reliés.

Ouvrages complets et brochés :

De la Conquête de Constantinople. — Histoire de saint Louis. — Rouleaux des Morts. — Les Miracles de saint Benoît. — Comptes de l'hôtel aux XIV ET XVe siècles. — Mémoires du marquis de Beauvais Nangis. — Journal d'un Bourgeois de Paris. — Chronique des quatre premiers Valois. — Nouveau recueil des comptes de l'argenterie des rois de France. — Chronique de Jean le Fèvre. — La Chronique du bon duc Loys de Bourbon. — Récits d'un ménestrel de Reims au XIIIe siècle. — Chroniques de saint Martial de Limoges. — Histoire de Béarn et de Navarre. — Les Annales de saint Bertin et de saint Vaast. — Chronique d'Ernoul et de Bernard le Trésorier. — Chronique des églises d'Anjou. — Chronique de Mathieu d'Escouchy, 3 vol. — Les coutumes de Beauvoisis, 2 vol. — Mémoires de Mathieu Molé, 2 vol. *Orderici Vitalis Historia ecclesiastica*, 5 vol. — Choix de pièces inédites relatives au règne de Charles VI, 2 vol. — Mémoires de Bassompierre, 3 vol. — Choix de Mazarinades, 2 vol. — Chronique latine de Guillaume de Nangis, 2 vol. — Mémoires de Daniel de Cosnac, 2 vol. — Registre de l'Hôtel de Ville de Paris pendant la Fronde, 2 vol. — Histoire des règnes de Charles VII et de Louis XI, 4 vol.

Ouvrages reliés :

Mémoires de Commines, 3 vol. — Mémoires et lettres de Marguerite de Valois, 1 vol. — Vie de saint Louis roi de France, par Le Nain de Tillemont, 7 vol. — L'Ystoire de li Normant, 1 vol. — Richer. Histoire de mon temps, 2 tomes en 1 vol.

Ouvrages incomplets brochés.

Brantôme, 9 vol., mq. le 3e. — Chronique d'Anjou, tome Ier, seul. — Journal du règne de Louis XV, tomes III et IV. — Chronique de Froissart, tomes I à V. — La Chronique de Monstrelet, 6 vol., mq. le tome III. — Mémoires du marquis d'Argenson, tomes VII et VIII. — Registres de l'Hôtel de Ville de Paris pendant la Fronde, tome Ier. — Biographie des mazarinades, tome Ier. — Anciennes croniques d'Angleterre, tome III. — Les livres des miracles, tomes II, III et IV. — Blaise de Montluc, 5 vol., mq. le tome III. — Mémoires de Mme de Mornay, tome IIe. — La Chanson de la croisade contre les Albigeois, tome Ier.

305. Histoire de France depuis les temps les plus reculés jusqu'en 1789, par Henri Martin. *Paris, Furne*, 1861, 17 vol. in-8, gravures sur acier, demi-rel. avec coins mar. fauve, doré en tête, n. rog.

306. Fastes de la nation française, par Ternisien d'Haudricourt. *S. l. n. d.*, 3 vol. gr. in-4, demi-rel. v. rouge, tr. dor.

307. TOPOGRAPHIA GALLIÆ, oder Beschreibung des mächtigen Königreichs Franckreich. *Francffurth*, 1656, 12 parties en 2 vol. in-fol. cartes et vues, v. brun.

Figures de Mérian.

308. Charlemagne, par Alphonse Vétault, ancien élève de l'École des chartes, introduction par Léon Gautier. *Tours, Alfr. Mame*, 1877, in-4 br.

Exemplaire sur grand papier vergé de Hollande.

309. Les Grandes Chroniques de France selon qu'elles sont conservées en l'église de Saint-Denis en France, publiées par M. Paulin Paris. *Paris, Techener*, 1836, in-fol. demi-rel. v. fauve.

310. Chroniques d'Enguerrand de Monstrelet, gentilhomme, jadis demeurant à Cambray en Cambresis, contenans les cruelles guerres civiles entre les maisons d'Orléans et de Bourgogne, l'occupation de Paris et Normandie par les Anglois, l'expulsion d'iceux et autres choses memorables advenues de son temps en ce royaume et pays estranges. *A Paris, chez Guill. Chaudière*, 1572, 3 parties en 2 vol. gr. in-fol. v. brun.

311. Les Mémoires de messire Philippe de Commines, chevalier, seigneur d'Argenton, sur les principaux faicts et gestes de Louis onzième et de Charles huictième, son fils, roys de France, revus et corrigez par Denis Sauvage de Fontenailles en Brie. *On les vend au Palais, à Paris, par Galiot du Pré, libraire juré de l'Université*, 1552, in-fol. v. b.

Notes manuscrites sur les marges.

312. HISTORIARUM GALLIÆ ab excessu Henrici IV, libri XVIII, autore Gabr. Bartholomæo Gramondo. *Tolosæ, apud Arnald. Colomerium regis et Academiæ tolosanæ typographum*, 163, in-fol. mar. rouge, dent. tr. dor. (*Reliure ancienne.*)

Le dos et les plats de la reliure sont couverts de fleurs-de-lis, avec les armes de Louis XIII.
Exemplaire réglé.

313. Satyre Menippée, de la vertu du catholicon d'Espagne, avec un commentaire historique, littéraire et philologique, par Ch. Nodier. *Paris, N. Delangle et Dalibon*, 1824, 2 vol. gr. in-8, figures de Devéria sur chine, demi-rel. v. viol. n. rog. (*Thouvenin.*)

314. Histoire de la maison de Bourbon, par M. Désormeaux, historiographe de la maison de Bourbon. *A Paris, de l'Im-*

*primerie royale*, 1772, 5 vol. in-4, fleurons de Moreau et portrait, v. ant. fil. tr. marbr.

315. Recueil de mémoires présentez à monseigneur le duc d'Orléans pendant sa régence, par M. le comte de Boulainvilliers. (*S. l. n. d.*), 2 vol. in-4, v. fauve antiq. fil. (*Aux armes de Bernard de Rieux.*)

Manuscrits d'une bonne écriture, de 210 pages pour le tome Ier, et de 227 pages pour le tome IIe.

316. La Deuxième Armée de la Loire, par le général Chanzy, campagne de 1870-1871. *Paris, Henri Plon*, 1872, in-8, demi-rel. avec coins veau. (*Reliure anglaise.*)

---

317. Statistique monumentale de Paris, par Lenoir. *Paris, s. d.*, 2 vol. in-folio.

Nombreuses planches gravées et en couleur.

318. Paris dans sa splendeur; monuments, vues, scènes historiques, descriptions et histoire, dessins et lithographies. *Paris, Henri Charpentier*, 1861, 2 vol. in-fol. dont un de texte et un de planches, demi-rel. mar. rouge, plats toile. tr. jaspée.

319. Histoire de l'abbaye royale de Saint-Germain-des-Prez, par dom Jacques Bouillart, religieux bénédictin de la congrégation de Saint-Maur. *Paris, Grégoire Dupuis*, 1724, in-fol. plans et figures, v. br.

320. Histoire de l'abbaye royale de Saint-Denis en France, par dom Michel Félibien, religieux bénédictin de la congrégation de Saint-Maur. *Paris, Frédéric Léonard*, 1706, in-folio, plans, figures et carte topographique, v. br.

321. Histoire générale de Dauphiné depuis l'an M. de N.-S. jusques à nos jours, par Nicolas Chorier, avocat au parlement de Dauphiné. *A Lyon, chez Jean Thioly*, 1672, in-fol. veau brun.

322. Histoire de Dauphiné et des princes qui ont porté le nom de Dauphins (par Fabri et Barillot). *Genève*, 1722, 2 vol. in-fol. v. marbré.

323. Histoire générale de Languedoc, avec des notes et les pièces justificatives, par deux religieux bénédictins de la congrégation de Saint-Maur (Fr. Claude de Vic et Fr. Joseph Vaissete). *A Paris, chez Jacq. Vincent*, 1730-45, 5 vol. in-fol. figures, v. antiq. marbr.

324. Discours historial de l'antique et illustre cité de Nismes en la Gaule narbonoise, avec les portraitz des plus antiques

et insignes bastimens dudit lieu, reduitz à leur vraye mesure et proportion, ensemble de l'antique et moderne ville, par Jean Poldo d'Albenas. *A Lyon, par Guillaume Rouillé*, 1568, titre gravé et planches. — Ambrosii Mediolanensis de Virginibus libri. Amb. de viduis et cetera. *S. l. n. d.*, car. goth. — Ens. 2 ouvr. en 1 vol. in-fol. bas.

325. Mon Odyssée, ou le Journal de mon retour de Saintonge, par Robbé de Beauvezet. *A la Haye*, 1760, in-8, demi-rel. *figures gravées par Cochin.*

326. La Vendée, par le baron de Wisme. *Paris, Aug. Bry, s. d.*, in-fol. (figures lithographiées), demi-rel. mar. noir.

## IV. HISTOIRE ÉTRANGÈRE.

327. Histoire d'Angleterre, par Olivier Goldsmith, continuée jusqu'en 1815 par Ch. Coste, et jusqu'à nos jours par le traducteur Mme Alexandrine Aragon, avec notes de MM. Thierry, de Barante, de Norvins et Thiers. *Paris, Houdaille*, 1841, 4 tomes en 2 vol. gr. in-8, portrait demi-reliure, v. fauve, tr. jaspée.

328. Histoire entière et véritable du procès de Charles Stuart, roy d'Angleterre. *A Londres*, 1650, in-12, mar. r. fil. (*Anc. reliure.*)

329. Esquisse de mes travaux, de mes voyages et de mes opinions : dans une lettre à son ami Agathomerus, par Mela Britannicus. *Londres*, 1830, in-8, cart. n. rog.

Ouvrage tiré à 100 exemplaire (l'auteur est C. Kelsall).

330. Croniche di messer Giovanni Villani, cittadino Fiorentino.... (A la fin :) *Finiscono le Croniche di messer Giovan Villani, cittadino Fiorentino, stampate in Vinetia per Bartholomeo Zanetti Casterza. Nel anno della incarnatione del Signore M.D.XXXVII*, pet. in-fol. de 215 ff. car. ronds, parch. blanc.

Le titre est remmargé dans la marge.

331. Istoria della città di Viterbe, di Feliciana Bussi. *In Roma, nella stamperia del Bernaba*, 1742, in-fol. figures, parch. dent. sur les plats.

332. Bibliotheca scriptorum qui res in Sicilia gestas, sub Aragonum imperio, inst. et edidit Rosarius Gregorio. *Panormi, ex regio typographio*, 1791, 2 vol. in-fol. demi-rel. v. f.

333. Histoire de la conjuration des Espagnols contre la république de Venise, par Saint-Réal. *Paris, Ant.-Aug. Renouard*, 1795, gr. in-4, papier vélin, cart. n. rog.

Tiré à petit nombre.

334. Recherches sur les monuments et l'histoire des Normands et de la maison de Souabe dans l'Italie méridionale, publiée par les soins de M. le duc de Luynes, texte par A. Huillard-Bréholles, dessins par Victor Baltard. *Paris, Panckoucke*, 1844, gr. in-fol. figures sur acier, cart.

335. Histoire des chevaliers hospitaliers de Saint-Jean de Jérusalem, appellez depuis les chevaliers de Rhodes, et aujourd'hui les chevaliers de Malte, par M. l'abbé de Vertot. *Paris*, 1726, 4 vol. in-4, portraits et cartes, v. brun.

336. Historia ecclesiástica y seglar de la mvy noble y mvy leal civdad de Guadalaxaro, por don Alonzo Nuñez de Castro. *En Madrid*, 1653, in-fol. texte à deux col. veau rac.

337. Advis fidelle aux veritables Hollandois, touchant ce qui s'est passé dans les villages de Bodegrave et Swammerdam, et les cruautés inouïes que les François y ont exercées (par de Wicquefort). *S. l.* (*Amsterdam*), *à la Sphère*, in-4, parch.

Ouvrage recherché pour les 8 planches gravées par Romain de Hooge. Exemplaire fortement mouillé.

338. Gottfridi. — Historische Chronica. 1674, in-fol. texte à deux col. figures, rel. en bois recouverte en veau.

339. Monumenta Germaniæ historica, edidit Henricus Pertz. — Scriptores, 4 vol. — Leges, 2 vol. — *Hannoveræ*, 1835, 6 vol. in-fol. demi-rel.

340. Histoire générale d'Allemagne, par le P. Barre, chanoine régulier de Sainte-Geneviève. *Paris*, 1740, 11 vol. in-4, figures, vignettes et cartes, veau brun.

341. Conrad Wallenrod, légende historique, d'après les chroniques de Lithuanie et de Prusse, par Adam Mickiewicz. traduction de l'un des fils de l'auteur, avec introduction d'Armand Lévy et gravures sur acier d'après Antoine Zaleski. *Paris, B. Vasseur*, 1866, in-4 br.

342. Scriptores rerum Danicarum, edidit Jacobus Langebek, *Hafniæ*, 1772, 1834, 8 vol. in-fol. demi-rel. v. vert.

## V. NOBLESSE.

343. Traité de la noblesse, de ses différentes espèces, etc., par messire Gilles-André de La Roque, chevalier, seigneur

de la Lontière. *Paris, chez Estienne Michallet*, 1678, in-4, veau brun.

344. Les Noms, Surnoms, Qualitez, Armes et Blasons des chevaliers et officiers de l'ordre du Saint-Esprit, créez par Louis le Juste XIII, roy de France et de Navarre, avec les figures en tailles-douces, curieusement gravées, le tout recueilly par le sieur d'Hozier, gentilhomme ordinaire de la maison de Sa Majesté. *Paris, Melchior Tavernier*, 1634, pet. in-fol. titre gravé et trois grandes planches par Abr. Bosse, v. antique, dent. (*Reliure anglaise.*)

Exemplaire court de marges et taché.

345. Les Armes et Blasons des chevaliers de l'ordre du Saint-Esprit créez par Louis XIII, roy de France et de Navarre, par Jacques Morin, escuier, sieur de la Masserie. *A Paris, chez Pierre Firens, s. d.* (1619), petit in-fol. titre gravé et figures de blasons, parchemin.

346. De Militia equestri antiqua et nova ad regem Philippum IV, libri quinque, auct. Hermanno Hugone, societ. Jesu. *Antuerpiæ, ex officina Plantiniana Balthasaris Moreti*, 1630, pet. in-fol. titre et planches gravés, v. brun.

347. Armorial des États de Languedoc, par M. Gastelier de la Tour, écuyer. *Paris*, 1767, in-4, figures gravées de blasons in-4, v. antiq. marbr.

## VI. BIBLIOGRAPHIE. — ENCYCLOPÉDIE.

348. Bibliographie Cornélienne, ou Description raisonnée de toutes les éditions des œuvres de P. Corneille, des imitations ou traductions qui en ont été faites, et des ouvrages relatifs à Corneille et à ses écrits, par Em. Picot. *Paris, A. Fontaine*, 1876, in-8, portrait, br. n. rogné.

349. Bibliographie Moliéresque, par Paul Lacroix. *Paris, Aug. Fontaine*, 1875, in-8, portrait à l'eau-forte par Lalauze, br. n. rog.

350. La France littéraire, par J.-M. Quérard. *Paris, Firmin Didot*, 1827-39, 10 vol. in-8, demi-rel. avec coins v. ant.

---

351. Encyclopédie du dix-neuvième siècle, répertoire universel des sciences, des lettres et des arts. *Paris*, 1867, 25 vol. gr. in-8, figures int. dans le texte, texte à deux col. cart. perc. bleue, tr. jaspée.

A LA MÊME LIBRAIRIE :

# LE MARIAGE

DE

# JEANNE D'ALBRET

PAR

## LE BARON ALPHONSE DE RUBLE

*Un beau volume in-8.*

Papier ordinaire tiré à 300 exemplaires, avec une gravure tirée sur papier de Hollande. . . . . . . . . . . . . 7 fr. 50

Papier vélin tiré à 150 exemplaires, avec une gravure tirée sur papier de Chine. . . . . . . . . . . . . . 12 fr. »

Nous publions en ce moment la première partie d'une étude complète sur Jeanne d'Albret, reine de Navarre, et sur le grand rôle de cette princesse pendant les guerres civiles du règne de Charles IX. Le volume actuellement mis en vente n'arrive pas à la vie militante de la mère de Henri IV; il raconte seulement sa jeunesse, les intrigues et les compétitions dont sa main fut l'objet. On sait, en effet, que le mariage de Jeanne d'Albret fut un épisode, l'un des plus intéressants et certainement l'un des moins connus, de la querelle de François Ier et de Charles-Quint, dont M. Mignet vient de raconter l'origine et les premiers développements. L'auteur a eu la bonne fortune de mettre la main sur un fonds de documents nouveaux, espagnols et allemands, qui lui ont permis de présenter des faits inédits et de redresser d'importantes erreurs sur l'histoire de cette rivalité de la France et de l'Espagne, qui troubla le monde pendant la première moitié du XVIe siècle.

Une suite de pièces inédites, parmi lesquelles on lira dix-neuf lettres de Marguerite d'Angoulême et cinq de Jeanne d'Albret, relatives aux événements qui font le sujet du livre, et enfin un portrait, le seul authentique, gravé d'après un tableau envoyé par la reine de Navarre à la république de Genève, complètent cette intéressante publication.

MANUEL

DE

# L'AMATEUR D'ILLUSTRATIONS

## GRAVURES ET PORTRAITS

POUR L'ORNEMENT DES LIVRES FRANÇAIS ET ÉTRANGERS

PAR J. SIEURIN

In-8, beau papier teinté.......... 12 fr.
Grand papier de Hollande...... 24 fr.

Cet ouvrage peut être illustré de planches détachées. Les exemplaires en grand papier sont presque épuisés.

---

# GRAVURES SUR BOIS

TIRÉES DES LIVRES FRANÇAIS DU QUINZIÈME SIÈCLE

(*Paris, 1868*)

In-4, 75 planches comprenant 324 figures et texte, dans un carton. — Prix.... 20 fr.

---

HISTOIRE

DE LA

# LITTÉRATURE HINDOUIE

ET

## HINDOUSTANIE

PAR M. GARCIN DE TASSY.

(*2e édition très-augmentée. Paris, 1870.*)

3 vol. in-8, br......... 36 fr.

---

Paris. — Typ. G. Chamerot, rue des Saints-Pères, 19.

www.ingramcontent.com/pod-product-compliance
Ingram Content Group UK Ltd.
Pitfield, Milton Keynes, MK11 3LW, UK
UKHW020457180726
13839UKWH00004B/1826